7. Lorsque le mineur émancipé subit une condamnation, il doit l'exécuter lui-même comme s'il était majeur; et son curateur dont il est assisté, ne peut en devenir passible, lorsqu'il n'a été mis en cause que pour le surveiller.

8. Un jugement rendu contre un tuteur au lieu et place de son mineur, s'exécute contre ce dernier seul, lorsqu'il a atteint sa majorité, sans qu'il soit besoin de nouveau jugement.

Il en est de même à l'égard des interdits, lorsque leur interdiction est levée.

9. Les Juges de Paix peuvent connaître des causes des mineurs en dernier ressort, jusqu'à 50 livres, et à charge d'appel jusqu'à 100.

L'action doit être intentée devant le Juge de Paix du canton du tuteur, parceque le domicile du tuteur est réputé être celui du pupille.

Mais celle à intenter contre des curateurs, doit être portée en la Justice de Paix du canton où demeure le mineur émancipé, l'interdit, le sourd et muet, etc. parce que les curateurs ne sont que des parties accessoires.

Supposons ici une action dirigée contre un pupille.

La cédule portera : « Nous Juge de Paix « etc. sur ce qui nous a été exposé par le « S^r. A. citoyen de... qu'il est créancier de

E

NOUVEAUX
CONTES MORAUX.

DE L'IMPRIMERIE DE D'HAUTEL,
RUE DE LA HARPE, n°. 80.

Gravé M. Sculp

C'est cette dame qui m'a sauvé la vie.

NOUVEAUX
CONTES MORAUX,

Par MISTRISS OPIE;

traduits de l'anglais

PAR

M. AUBERT DE VITRY.

Beaucoup de personnes s'imaginent que les autres
prennent autant de plaisir qu'eux-mêmes à ce qui les
intéresse et les amuse. Aussi l'auditoire les laisse-t-il
souvent au milieu de leurs interminables histoires.

SHAKESPEAR.

TOME PREMIER.

AVEC UNE FIGURE.

A PARIS,

Chez ARTHUS BERTRAND, Libraire,
rue Hautefeuille, n°. 23.

1818.

NOUVEAUX
CONTES MORAUX.

~~~~~~~~~~~~~~~~~~~~~~~~~~~~~~~~~~~~

LADY ARLINGTON,

ou

TOUT CE QUI RELUIT N'EST PAS OR.

———

A qui appartient cette maison, dit mistriss Derville à un paysan qui passait ?

Cette dame quittait Londres pour retourner chez elle, dans un comté éloigné de la capitale. Elle était accompagnée de sa fille Jenny, jeune personne de dix-huit ans, d'Anna, petite fille de huit ans, et de son fils Lionel Derville, jeune homme qui venait d'atteindre sa vingtième année.

Cette maison appartient à mistriss

Arlington, répondit le paysan, et tous les terres, aussi loin que votre vue peut s'étendre, ainsi que tous ces bois, presque jusqu'aux bords de la mer.

« Quel beau lieu ! s'écria Jenny, et plus on approche, plus il paraît beau, observa sa mère.

« Regardez, maman, regardez, cria la petite Anna. Quel beau jardin sous ces fenêtres ! Je sens d'ici l'odeur des fleurs.

« Combien j'aimerais à vivre ici, dit Lionel !

« Que mistriss Arlington doit être digne d'envie, reprit mistriss Derville en soupirant ? »

Oui, digne d'envie, répétèrent les enfants, à mesure que la route tournait autour de ce paradis terrestre, et que chaque nouvel aspect découvrait de nouvelles beautés. Cette campagne était en effet très-agréable : la maison était vaste et magnifique. Elle s'élevait sur une terrasse, à mi-chemin d'une colline, ornée de grands et beaux arbres, et derrière

laquelle, d'une colline opposée, on aper
cevait l'Océan à peu de distance, perspective aussi étendue qu'intéressante,
qui embellissait le derrière de l'habitation. De la façade, au contraire, la vue
se reposait sur une scène douce et paisible. Au pied de la terrasse, un ruis-
seau limpide et frais serpentait à travers
une plaine verdoyante, que bordaient
de riches plants d'arbustes épais. Des
deux côtés de l'habitation, un riant parterre attirait les regards par son éclat,
et embaumait l'air du parfum de ses
fleurs, tandis que les serres chaudes et
les autres constructions dont le terrain
était orné, attestaient à la fois, par la
beauté de leur architecture, le goût et
l'opulence de la maîtresse de la maison.

Quel bonheur ce doit être de vivre
ici! Telle était l'exclamation qui s'échap-
pait à tous momens des lèvres des voyageurs.

Quel bonheur en effet! oui, je porte
réellement envie à mistriss Arlington,

dit mistriss Derville toute pensive, en jetant un dernier regard sur ce domaine, et elle retomba dans le silence.

La demeure de mistriss Arlington, pour l'étendue et la grandeur, formait en effet un contraste parfait avec celle de mistriss Derville. Mais pour la beauté de la situation, et les avantages réels, le presbytère que gouvernait mistriss Derville pouvait soutenir la comparaison avec quelqu'habitation que ce fût, et elle en avait ainsi jugé elle-même jusqu'alors. Quelle cause avait pu changer ainsi ses idées à cet égard? un legs, un voyage à Londres, et un séjour de six semaines dans cette capitale.

A l'âge de seize ans, mistriss Derville était une beauté admirée dans les cercles de la province où elle vivait; et les charmes de sa personne, les agrémens de son esprit, joints à une naissance honorable et à une grande fortune, rendaient une union avec elle aussi désirable sous les rapports de prudence et d'ambition, que sous *celui du bon goût.*

Dans le nombre de ses amans, deux formaient entr'eux un parfait contraste, relativement à leur état dans le monde: car la fortune de l'un était autant au-dessus de celle de mistriss Derville que celle de l'autre était au-dessous. Le premier égalait mistriss Arlington en magnificence. On pouvait appliquer au second ces vers d'une vieille ballade : « La sagesse et la vertu étaient tout son lot. » Et Anna Pointz eût pu ajouter : « C'était tout pour moi; » car, n'écoutant que son cœur, elle se donna avec sa fortune à M. Derville ; au moment où il venait d'entrer dans les ordres; et, quand l'âge lui permit de remplir les fonctions du sacerdoce, son épouse le présenta pour une cure qui faisait partie de sa fortune.

Chaque jour prouvait à mistriss Derville la sagesse de son choix, car chaque nouvelle circonstance lui faisait découvrir dans son mari une nouvelle vertu.

Elle avait trouvé en lui un tendre

qu'elle y trouvait encore un pieux
instituteur, et un homme vertueux, en-
seignant aux autres par son exemple les
saints préceptes qui servaient de règles
à sa conduite. Trois enfans, dignes de
leur tendresse, avaient de plus en plus
serré les nœuds de leur attachement
mutuel, lorsqu'une noble parenté, à
qui, pendant sa vie, l'orgueil n'avait pas
permis de s'informer de mistriss Derville, lui laissa en mourant, un legs
considérable en argent, avec une place
à son choix dans la garderobe ou le mobilier. M. à enclut
Il fallait donc que mistriss Durville
se rendît à Londres, et ce fut avec douleur que son époux lui annonça l'impossibilité où il était de l'accompagner,
parce qu'il ne pouvait trouver personne
qui pût remplir ses fonctions dans sa
paroisse pendant une absence probable
de quelques semaines. Il allevait
avait, pour écarter l'idée de quitter
sa demeure, une autre raison que sa
tendresse cachait sagement à sa fem-

me, dans la double intention de lui
épargner une anxiété aussi certaine
qu'inutile, et d'assurer son salut et celui de ses enfans. Une fièvre toute con-
tagieuse venait de se manifester dans le
village, et Derville savait que si son
épouse en était informée, elle voudrait
rester pour partager ses devoirs et ses
dangers ; ou que, si elle allait à Londres, elle y serait dans des alarmes continuelles pour lui et pour les enfans
qu'elle aurait laissés avec lui. La nécessité d'un voyage à Londres parut donc
à M. Derville une circonstance doublement-
ment heureuse, d'abord à cause de cette
maladie alarmante, ensuite, parce qu'en
engageant sa femme à emmener ses
enfans, il éloignait tout ce qui lui était
cher du danger de la contagion.

Il prit, en conséquence, toutes les
précautions possibles pour en dérober
la connaissance à son épouse; et,
comme le mal ne s'était encore manifesté qu'à l'extrémité de la paroisse, il
réussit dans son projet, et il imagina

de la détourner, ainsi que ses enfans, de leurs visites accoutumées à la cabane du pauvre, sous le prétexte que tout leur temps devait être consacré aux préparatifs du voyage, qu'il fallait, disait-il, pour toutes sortes de raisons, ne pas différer.

Ce ne fut pas cependant sans éprouver les angoisses d'un cœur tendre, angoisses qu'il eut beaucoup de peine à cacher, que Derville vit leurs préparatifs pour une séparation qui, dans son opinion, pouvait être éternelle en ce monde; et quand, après ces pénibles efforts, après que des larmes mutuelles eurent accompagné ces adieux, les premiers depuis leur union, Derville vit s'éloigner la voiture qui emportait loin de lui les objets de sa tendresse, il éprouva des transes que la conscience d'avoir fait son devoir pouvait seule lui faire supporter; car il savait que les secours dont ses fonctions lui faisaient un devoir envers les malades l'exposaient aux atteintes de la contagion, et qu'il pouvait y succomber. «Alors, disait-il, joignant les mains avec douleur, ces chers objets de ma tendresse je ne les reverrai jamais.»

Mais il n'est point d'épreuve qu'une ferme confiance dans le seul appui qu'on ne puisse nous ôter, ne nous rende capables de supporter, et dont nous ne puissions même sortir vainqueurs avec son aide. « Ma femme, mes enfans, s'écriait-il, trouveront leur salut dans ce voyage: c'est dans cette certitude qu'est ma consolation. » Il ne pouvait cependant penser à chaque instant à ce voyage qu'il avait si ardemment désiré, sans songer en même-temps qu'il pouvait exposer sa famille à des dangers d'une autre nature, mais non moins graves, que ceux dont ses efforts avaient su la garantir.

Les voyageurs arrivèrent sains et saufs dans la capitale le troisième jour après leur départ, à midi. Ils n'avaient jamais quitté leur paisible séjour que pour aller aux bains dans le voisinage. Le tu-

1*

multe, le bruit perpétuel des rues de
Londres, où ils étaient entrés par l'extrémité de la cité, produisirent sur eux
l'effet qu'éprouvent d'ordinaire tous
ceux qui abordent cette grande ville pour
la première fois : pendant que mistriss
Derville, son fils et la plus âgée de ses
filles, considéraient chaque objet avec
une admiration silencieuse, la petite
fille de huit ans exprimait sa joie enfantine par des exclamations continuelles.
Un logement leur avait été préparé par
le procureur que lady Anna Pointz,
cette parente qui avait fait à mistriss
Derville un legs si considérable, avait
chargé de l'exécution de son testament.
Ce logement était situé dans le voisinage de Cavendish-Square, près de la
maison qu'il occupait en Edouard-
Street, quoique son état l'appelât dans
la cité.

Les deux premiers jours après leur
arrivée n'eurent rien de remarquable ;
mistriss Derville n'était pas tout-à-fait
remise de la fatigue de son voyage, et

ce qu'elle était le plus empressée de faire, c'était de rendre à son époux bien-aimé un compte fidèle de ce qu'elle et ses enfans avaient éprouvé pendant leur route, et à la vue de Londres. Elle sentait bien qu'elle n'était pas venue dans la capitale, uniquement pour penser et écrire à son mari; cependant, ne se voyant entourée que d'étrangers, et seule au milieu de la foule, le sentiment de cette espèce d'abandon, et sa tendresse la portaient à tourner ses regards vers la demeure qu'elle avait quittée, et à chercher une consolation dans le perpétuel souvenir, et dans l'image de cette demeure, et du maître qui l'habitait.

Heureusement pour elle, le soupçon du danger auquel son époux était exposé, ne lui vint jamais à l'esprit. Elle ne voulait visiter la maison de sa défunte parente et les trésors qui l'y attendaient, que lorsqu'elle pourrait être accompagnée de lady Lucy Donellan, qui, comme elle, était cousine issue de germaine, de la défunte, et avait droit à la moitié de sa garde-robe et de son mobilier. Cette dame était alors retenue chez elle par un rhume. Dans l'intervalle, mistriss Derville attendait pour elle et pour ses enfans un habit de deuil convenable, pour se présenter chez sa cou sine. Mais lady Lucy Donellan était si empressée de voir les objets qui devaient lui appartenir, et de conférer avec sa co-légataire, dans l'intention d'examiner si elle ne pourrait pas tirer avantage de sa simplicité, que dès le troisième jour après leur arrivée, lady Lucy, au risque de sa santé, se présenta de bonne heure à la porte de mistriss Derville.

Lady Lucy n'avait encore arrêté aucun plan de conduite : elle ne savait pas encore si elle devait imprimer le respect à cette campagnarde, et si, en la repoussant par la dignité du rang, elle la rendrait souple pour ses désirs, ou si, par l'exagération d'une condescendance gracieuse elle la charmerait au point de lui inspirer le désir de tout faire pour

obliger sa noble associée. Elle conclut
que ni mistriss Derville, ni son grand
fils, ni sa fille n'étaient présentables chez
elle : elle pensa aussitôt que le meilleur
parti était de les inviter à dîner, mais de
n'inviter avec eux que des personnes
qui dépendaient d'elle, et à qui elle ne
rougirait pas de montrer à sa table une
espèce de paysanne niaise, gauche, et
ridiculement ajustée, avec sa famille
plus gauche encore et plus disgraciée.

Ce point n'était pas encore décidé
dans son esprit, lorsqu'elle descendit
de voiture. Mistriss Derville, qui était
dans la chambre du fond, n'entendit pas
la voiture s'arrêter, et l'entrée sur la
rue étant ouverte, elle ne discerna point
le bruit que fait un laquais en heurtant
à une porte. Elle pouvait d'autant moins
en être frappée dans le moment, qu'elle
chantait avec Lionel et Jenny un canon
italien, que leur avait appris une dame
qu'ils avaient rencontrée pour la première fois à un bain, et dont ils avaient
depuis reçu de fréquentes visites. Cette

dame, leur trouvant à tous trois de
très-belles voix, et du goût, avaient pris
la peine de leur faire part de son habileté dans l'art du chant, et leur avait procuré le talent rare de chanter correcte-
ment en parties.

Ainsi, quand lady Lucy eut mis le
pied sur le premier degré de l'escalier,
elle fut arrêtée par la surprise qu'elle
éprouvait; car elle avait trop entendu
de bonne musique, pour ne pas reconnaître que celle qu'elle entendait dans
le moment était agréable, et que l'exécution en était régulière. Elle commençait donc à croire qu'elle s'était trompée de porte; mais le domestique que
mistriss Derville avait loué pour le temps
qu'elle devait passer à Londres, assura
lady Lucy que c'étaient ses maîtresses et
son jeune maître qui chantaient, et
elle entra dans l'appartement avec un
sentiment de considération qu'elle ne
s'était jamais attendue à éprouver pour
une famille campagnarde.

Mistriss Derville avait trop de simpli-

cité dans les mœurs, et sans doute, de dignité dans l'ame pour être embarrassée
par la visite d'une dame d'un rang élevé. Un simple titre ne lui avait jamais
inspiré assez de respect pour que la visite inattendue d'une personne titrée,
la flattât au point de la troubler et de
lui donner un air gauche ; la surprise
de Lady Lucy, augmenta donc lorsqu'elle
vit mistriss Derville et sa fille venir à
sa rencontre avec le teint animé ; mais
avec autant d'aisance, que si elles eussent reçu leur égale. Ce ne fut pas encore la fin de son étonnement ; car, si
leurs voix avaient charmé son oreille,
ses yeux ne le furent pas moins de
leurs agrémens personnels, et même
avant la fin des premiers complimens,
avant que lady Lucy fût tout-à-fait établie sur sa chaise, elle s'était convaincue
que ses nouveaux amis étaient non-seulement très-présentables , mais encore
de bonnes acquisitions pour ses cercles,
et, comme on était alors en juillet,
époque à laquelle tout ce qui est nou-

veau est d'un grand prix ; comme les
premières curiosités de la saison com-
mençaient à perdre de leur attrait, et
de leurs droits à l'admiration ; lady Lucy décida que mistriss Derville, dame de
province, remarquable par sa beauté,
proche parente et légataire de lady Anna
Pointz, avec son aimable fille, et son fils,
jeune homme d'une belle tournure,
tous chantant comme des anges, seraient
l'ornement de sa maison la semaine suivante, et qu'à la fin de cette semaine,
elle aurait une réunion en leur honneur
et les introduirait dans le beau monde.

Les intérêts de son cercle bannirent
donc, pour quelques momens, le souvenir des intérêts de son avarice. Mais
cette dernière passion ayant bientôt repris ses droits, elle se détermina enfin à
se servir, pour atteindre son but à cet
égard, non de l'ascendant de sa supé-
riorité, mais de moyens insinuans. Elle
s'était bientôt aperçue que la dame pro-
vinciale n'était pas une femme disposée
à s'en laisser imposer par de grands airs.

En conséquence, elle eut recours pour plaire à toutes les ruses de la flatterie, et elle réussit. L'allegro succéda à l'allegro; le duo au duo; et un talent dont le mérite principal avait été jusqu'alors de charmer l'oreille d'un époux et d'un père, devint, grace aux louanges de lady Lucy, un trésor de trop grand prix, pour qu'ils se le réservassent à eux seuls, et, dans son opinion, un passeport pour eux, dans les cercles où ils ne s'étaient point attendus à être admis. Elle se garda bien d'oublier la beauté des personnes qui composaient ce nouveau groupe. Lady Lucy ne pouvait pas ouvertement s'extasier sur les charmes des principaux personnages de la famille, mistriss Derville avait atteint sa trente-septième année. Mais à l'entendre, elle paraissait la sœur aînée de sa fille, et Jenny Derville était le vrai portrait d'une mère qui n'avait rien perdu de sa beauté. En récompense, sa cousine pouvait exprimer hautement combien elle était ravie de celle de la petite fille, image parfaitement

ressemblante de sa mère et de sa sœur:
« Et, en vérité, mistriss Derville, votre
fils, vous ressemble aussi. Seulement ses
yeux sont bruns, ses couleurs sont d'un
rouge plus vif, et il a le regard et la
tournure mâles ». Ce langage s'adressait à des personnes simples, qui n'i-
gnoraient pas qu'elles étaient belles,
mais qui n'avaient point été habituées à
s'entendre louer sur leur beauté. Cependant le langage de la flatterie est toujours agréable, et comme ces personnes étaient elles-mêmes sincères, elles
ne doutèrent point de la sincérité de
lady Lucy, et crurent ses éloges désin-
téressés. Ils étaient certainement sincères, et lady Lucy, connaissant tout
l'effet que produisent d'ordinaire sur
le beau monde de Londres, des figu-
res nouvelles et jolies, son imagination
anticipait tellement sur le plaisir de l'é-
clat que la vue de ces beautés nouvelles
donnerait au cercle choisi qu'elle devait
réunir à son premier *petit souper*, qu'elle
s'exalta tout-à-fait, et se montra si en-

gageante, que quand elle les quitta, les
Derville se réjouirent de l'espoir de la
revoir le lendemain. Elle revint effecti-
vement; elle indiqua à mistriss Derville,
une marchande en vogue pour lui four-
nir son deuil, et au jeune Derville un
tailleur à la mode; ensuite on se rendit
ensemble à la maison de la défunte,
avec l'exécuteur testamentaire, pour y
prendre inspection de la garde-robe et
du mobilier. Est-il besoin d'ajouter que
lady Lucy obtint tout ce qu'elle voulait?
en retour, elle conduisit les Derville dans
sa loge à l'Opéra, et leur procura une
loge particulière aux deux théâtres, deux
autres soirs de la semaine. Bref, elle leur
parut la plus aimable des femmes, et,
tandis que Derville, au risque de sa vie,
passait son temps à genoux et en prières
auprès du lit des mourans, qu'il distri-
buait à ses dépens aux indigens, et aux
malades le vin et les médicamens dont
ils avaient besoin, les lettres de son aimable femme ne parlaient que d'opéras,
de concerts et de plaisirs, des éloges des

lords et des invitations des ladys, que de
ses triomphes en musique avec ses enfans devant de nobles juges, et des amateurs leurs émules. Il ne pouvait s'empêcher quelquefois de se dire. « Dans mon
aveugle sagesse, n'ai-je pas exposé
les objets de ma tendresse à des périls
plus grands que ceux que je leur ai fait
éviter ici ; à cette contagion morale qui
conduit à la pire des morts ». Mais il aimait alors à se rappeller que les bons
principes, les pieuses habitudes ne se
perdent pas en un moment, et il se sou-
venait aussi qu'ils n'avaient qu'un mois à
passer à Londres.

La fin de ce mois arriva pourtant, et
mistriss Derville, autant pour sa propre
satisfaction que pour celle de Jenny et
de Lionel, était sur le point de demander
à son mari la permission de passer une
semaine de plus dans la capitale, quand
elle reçut de Derville une lettre par laquelle il l'engageait à y prolonger leur
séjour encore pendant cinq semaines,
prière à laquelle on s'empressa de défé-

rer, quoique mistriss Derville éprouvât
une espèce de mortification, à penser
que son époux, sans en être prié par
elle, manifestait le désir de prolonger
la durée de leur séparation. Elle ne se
doutait pas que ce désir n'était qu'une
nouvelle preuve de son attachement.
Car il craignait que l'épidémie à laquelle
il n'avait échappé que par la protection
spéciale de la Providence, ne fût pas
assez complettement dissipée, pour que
leur retour fût pour eux sans danger.
Cependant la mortification ne dura
qu'un moment, et la permission accor-
dée fut une source de vive satisfaction.
Car la semaine devait se passer dans des
parties de plaisir continuelles, et dont
on goûta l'agrément réel aussi vivement
qu'on en avait nourri l'espérance. Une
seule personne de la famille regretta le
séjour de la province et ne trouva pas
que Londres fût le plus charmant lieu du
monde ; cette personne était la petite
Anna, qui était obligée d'aller au lit,
quand les autres se rendaient aux cercles,

et qui regardait Cavendish - Square
comme une triste promenade, en comparaison de celles de son cher village; et
si ce n'eût été le plaisir qu'elle goûtait à
voir les belles boutiques, les voitures,
et la foule, la pauvre enfant eût été malheureuse pendant ce séjour à la capitale,
qui procurait tant d'agrément au reste
de la famille.

Les deux derniers jours du temps accordé arrivèrent à la fin, et trouvèrent
mistriss Derville aussi peu disposée que
jamais à quitter Londres. L'ambition et
la tendresse maternelle ajoutant au plaisir personnel qu'elle éprouvait à se voir
suivie et admirée dans le beau monde,
nouveau pour elle, la déterminèrent à
demander qu'il lui fût permis de rester
à Londres une semaine de plus.

La vérité était qu'un homme d'un rang
élevé, dont l'extérieur et les manières
étaient on ne peut plus prévenantes, avait
montré à Jenny les attentions les plus
marquées. L'admiration qu'elle lui inspirait était si manifeste, que trouvant sa

fille fortement prévenue en faveur de
ce soupirant, elle ne doutait guère qu'il
ne songeât à lui offrir sa main ; elle ne
doutait pas davantage que la beauté et
la voix de Jenny ne dussent, suivant
l'expression reçue, lui tenir lieu de fortune, puisque les mêmes avantages
avaient déjà fait celle de deux jeunes
personnes qui n'étaient ni si bien nées,
ni si bien apparentées que sa fille. Il est
certain que Jenny se berçait de la même
espérance, et l'image d'un jeune recteur
du voisinage de Lovelands, autorisé par
son père à faire ses efforts pour gagner
ses affections, s'effaçait par degrés. L'a-
mour, qui avait commencé à faire quelques progrès dans son cœur avant le
voyage de Londres, recevait tous les
jours quelqu'atteinte du pouvoir de l'ambition. Un séjour prolongé à Londres
avait donc pour elle beaucoup d'attraits.
Son désir était partagé par son frère,
orgueilleux à la fois, et charmé de la considération que lui témoignait sir Mor-

daunt Williams, jeune baronet, que la famille ne connaissait pas, mais qui n'en était pas moins bien connu et très-remarquable par ses débauches. Pressée par leurs vœux et par ses propres desirs, mistriss Derville, non sans éprouver quelques remords que lui inspirait sa tendresse pour son mari, non sans avoir un peu combattu contre elle-même, promit à ses enfans d'écrire à leur père, et de l'engager à leur permettre de rester encore à Londres jusqu'au commencement de la seconde semaine d'août. La lettre était écrite, mais non pas envoyée, lorsqu'une voiture vint les chercher pour une assemblée chez lady Lucy Donellan, et ils s'y rendirent.

Comme de coutume, lord N..., le noble personnage dont nous avons parlé, s'était placé à côté de Jenny, et comme il était distingué par ses talens, c'était un homme aussi important dans les cercles du grand monde, que dans le parlement. Lady Lucy était flattée de l'avoir à ses parties, et se plaisait à voir que des beautés champêtres eussent le pouvoir de l'attirer constamment chez elle.

Le jeune Derville rencontra bientôt son nouvel ami dans un groupe joyeux, et sir Mordaunt, le prenant sous le bras, parcourut les appartemens avec le jeune homme tout glorieux de cette distinction.

C'était la première fois que les Derville voyaient ouverte la file de ces appartemens, et leur magnificence, l'éclat des lumières et des parures firent pour eux du commencement de cette soirée la plus agréable qu'ils eussent encore passée à Londres.

Mistriss Derville elle-même n'eût pas manqué d'un assidu Sigisbée, si elle eût voulu faire à sa vanité le sacrifice de ses principes; car elle n'était pas seulement l'objet de l'admiration de ceux qui ne l'avaient point encore vue; mais l'amant qu'elle avait rejeté dans sa jeunesse par amour pour Derville, se trouvait fréquemment dans sa société, et sai-

sissait toutes les occasions de la convaincre que dans mistriss Derville, il
reconnaissait toujours la belle Anna
Pointz; et comme il avait été nouvellement élevé à la dignité de Pair, elle
pouvait trouver ses attentions flatteuses
pour son orgueil, quoiqu'il répugnât à
ses principes de les accueillir. Mais tout
ce que la reconnaissance pour la pré-
tendue persévérance de cet ancien attachement, tout ce que les suggestions de
la vanité purent obtenir d'elle, ce fut un
sourire de civilité pour l'objet de son
premier amour. Cependant il était des
momens où elle désirait que le sort l'eût
placée sur un théâtre plus élevé que
celui où elle se trouvait dans sa province, et où elle eût salué avec joie le
jour qui aurait élevé son mari aux di-
gnités de l'église. Mais on lui pardon-
nera cette faiblesse en faveur de son
attachement aux principes de sagesse
qui lui firent rejeter les nouvelles assiduités de son noble amant, surtout si
l'on songe qu'elles étaient si respectueu-

ses qu'une femme moins sévère eût pu se croire justifiée de les recevoir, en se disant à elle-même « qu'il n'y avait pas de mal ».

Mais retournons à la soirée de lady Lucy. Mistriss Derville était debout près de sa fille, quand lord N., toujours empressé, lui proposa, ainsi qu'à d'autres jeunes personnes, de descendre dans la salle des rafraîchissemens, et ils étaient déjà sur le point de quitter l'appartement, que mistriss Derville n'avait pas encore remarqué leur départ. Elle sentit cependant que son devoir comme mère était de les suivre. Mais la foule était si grande à la porte, qu'elle y fut retenue quelques minutes, et, pendant cet intervalle, sa vanité maternelle fut satisfaite de voir son fils, dont la bonne mine était remarquable, tenant par le bras l'un des jeunes gens les plus admirés de la bonne compagnie.

Mais quoique lady Lucy eût déclaré celui-ci le plus élégant des jeunes gens

du jour, mistriss Derville ne pouvait se
dissimuler que si Lionel lui cédait en
élégance et en bon air, il lui était supérieur en beauté personnelle. La fleur
d'une jeunesse qu'aucun excès n'avait
flétrie, brillait sur les joues de son fils,
et l'expression franche d'un cœur pur
animait sa mâle contenance.

Dans ce moment un homme âgé qui
se trouvait près d'elle dit à son voisin :
« Quelle est cette nouvelle victime dont
sir Mordaunt s'est emparé? »

« Victime! quelle est votre idée, sir
Thomas? »

« Je pense que tout jeune homme qui
forme liaison avec sir Mordaunt, et
écoute ses flatteries, doit trembler pour
sa vertu ; car sir Mordaunt lui commu-
niquera inévitablement ses vices, et le
conduira certainement à une table de
jeu. »

« Je crains que vous n'ayez raison, »
fut la réponse de l'interlocuteur.

« J'en suis trop certain. Mais dites-
moi le nom de ce pauvre jeune homme :

ses regards expriment quant à présent
tant de bonté et d'innocence, que je
souhaiterais qu'il ne parût pas tant se
plaire avec son compagnon. »

« Il paraît, en effet, tout-à-fait no-
vice, dit l'autre : c'est le fils d'une dame
nouvellement arrivée de sa province, et
que lady Lucy Donellan a introduite
dans le monde. »

« Pauvre femme ! » dit à haute voix
l'observateur bienveillant, « n'y a-t-il
personne ici d'assez bien intentionné
pour la mettre sur ses gardes, et l'engager à prévenir toute intimité ulté-
rieure entre son fils et ce dangereux
jeune homme ; car je sais que ce n'est
pas de lady Lucy qu'il faut attendre une
bonté aussi désintéressée. »

Quoique ce dialogue eût eu lieu à voix
basse, mistriss Derville n'en avait heureusement rien perdu, et on imaginera
aisément de quels sentimens elle était
émue en l'écoutant. Mais les dernières
paroles du premier interlocuteur la mirent presque hors d'elle-même, et dans

le premier mouvement d'une sensibilité reconnaissante, elle put à peine s'empêcher de se retourner et de s'écrier :
« La pauvre femme est maintenant sur
ses gardes, et que Dieu vous récompense, monsieur! » Elle eut cependant la
force de se contenir et de se taire ; mais
elle ne put s'empêcher de se retourner :
elle regarda l'officieux donneur d'avis ;
des larmes brillaient dans ses yeux ; ses
joues étaient rouges, et son regard avait
une expression si marquée de gratitude,
qu'il était impossible de s'y méprendre.
Il soupçonna la vérité, et les informations qu'il prit, lui prouvèrent qu'il ne
s'était pas trompé. Le premier sentiment qu'il éprouva fut la joie d'avoir,
sans y penser, mis une mère à même
de préserver la vertu de son fils. Mais
c'était un homme du monde. L'expression de la figure de mistriss Derville
lui fit craindre qu'elle ne s'empressât
de l'aborder pour lui demander quelques
renseignemens sur sir Mordaunt, ce qui
allait le mettre dans l'embarras pour sa

réponse. Il prit donc soin de se soustraire
à ses regards le plutôt qu'il put, surtout quand il se rappela que, pendant
que mistriss Derville les écoutait, son
ami, en lui adressant la parole, l'avait
nommé sir Thomas Waring. Il était plus
que temps pour lui de disparaître; car
mistriss Derville en savait déjà plus qu'il
n'eût voulu qu'elle en sût, instruite,
comme elle l'était, que c'était sir Thomas Waring qui la mettait à même d'a-
vertir son fils, que son élégant ami n'é-
tait qu'un homme dangereux et sans
principes; et il était persuadé qu'elle
n'hésiterait pas à le faire. « Au fait, pen-
sait-il, ce serait à moi une sottise de me
brouiller avec sir Mordaunt et sa famille pour l'intérêt d'une personne que
je ne connais nullement; et après tout,
ce n'est pas ici mon affaire. » On voit
bien que celui qui sentait et raisonnait
ainsi était un homme du monde. Aussi
ne le revit-on plus de la soirée.

Cependant mistriss Derville, pressée
par la foule, parvenait enfin à la salle

de rafraîchissemens, au rez-de-chaussée, ou elle vit Jenny écoutant avec délices la conversation de l'agréable lord
N.... Mais satisfaite d'avoir sa fille sous
ses yeux, elle ne fit point d'efforts pour
percer la foule afin de la joindre.
Voyant une place vacante à la table des
rafraîchissemens, elle demanda une
glace. En la prenant, elle réfléchissait au
meilleur moyen d'arracher son fils au
danger d'une intimité qu'elle croyait nécessaire de faire cesser sans délai. Tandis qu'elle était toute entière à ses réflexions, elle tournait le dos à deux dames qui, comme elle, prenaient une
glace, et elle entendit une de ces dames
qui disait à l'autre : « Regardez de ce côté;
voyez-vous lord N..., qui, suivant son
usage, est tout à cette jolie personne ?
Oui, il est toujours avec elle à présent.
Qui est-elle ? »

« C'est la fille d'une mistriss Derville,
parente et légataire de lady Anna Pointz.
Mais je ne la vois pas ce soir dans l'appartement. »

« Cela est singulier. Il est cependant
peu convenable qu'elle laisse ainsi aller
sa fille sans elle. »

« Oh! c'est une dame de province sans
expérience, et qui ne peut supposer
que l'on trouve aucun inconvénient à
l'intimité d'une jeune fille de dix-huit
ans, avec un homme marié qui a la cinquantaine. Mais vous et moi qui con-
naissons lord N. nous savons aussi que
nous ne pourrions exposer le cœur d'une
de nos filles aux séductions d'un homme
plus dangereux. »

Jamais surprise ne fut plus grande que
celle de mistriss Derville : « lord N. un
homme marié. Cela ne se peut ; » les
dames ayant encore demandé des glaces,
elle se rapprocha d'elles, dans l'espoir
qu'elles continueraient leur conversation, qu'elles reprirent en effet ainsi qu'il
suit « regardez, regardez ! comme la
pauvre fille rougit, et comme elle paraît
satisfaite. Ah! que je suis bien aise qu'elle
ne soit pas ma fille. Lord N. est réellement
un singulier homme : je croirais qu'il

2*

est maintenant absolument pris. Mais
il est marié, et il restera marié : je le lui
dirai à lui-même. Car j'ai vu hier lady
N. avec des yeux aussi vifs que quand ils
se sont séparés il y a vingt ans. »

« Ne le lui dites pas, répliqua l'autre,
si vous voulez conserver ses bonnes gra-
ces, et si vous désirez le voir, à votre
premier cercle. » Et alors, sans voir
mistriss Derville, elles sortirent de la
salle.

L'esprit de mistriss Derville était al-
ternativement agité par l'étonnement,
le ressentiment et la honte. Mais à la fin,
le ressentiment l'emporta. Car, puisque
lord N. était marié, quel but pouvaient
avoir ses assiduités auprès de sa fille ?
il y avait au moins, peu d'humanité,
de la part de lady Lucy Donellan, à ne
pas l'avoir avertie que lord N. était un
homme marié. Cependant il faut l'a-
vouer, disait-elle en elle-même, lady
Lucy ne pouvait guère me supposer
assez..... assez folle pour m'imaginer
qu'un pair voudrait épouser ma fille.

Ainsi, humiliée, offensée, et mortifiée à la fois, se condamnant ainsi elle-
même, elle resta quelques momens de
plus à table, pour se remettre : alors se
frayant la route jusqu'auprès de sa fille,
elle la prit sous le bras, et pria une personne qu'elle connaissait de faire avancer sa voiture. Ses intentions ayant été
remplies, lord N. se vit à contre cœur
obligé de la suivre avec Jenny. Quand elle
fut montée en voiture, mistriss Derville
dit à la personne à qui elle s'était adressée qu'elle ne voulait pas se retirer sans
son fils, et la pria de le chercher dans
l'appartement. Celui ci le rencontra dans
le salon et l'emmena avec lui, bien contre son gré. Dès qu'il fut revenu sous
l'aîle de sa mère, ils partirent tous. Leur
cœur était agité, mais rassuré; oppressé,
mais reconnaissant. Mistriss Derville
observa donc un silence qui ne fut pas
troublé par ses enfans. Ce fut pour elle
une nuit pendant laquelle elle ne dor-
mit presque pas ; mais ce fut aussi pour
elle le moment d'une grande détermi-

nation; car, elle se décida à quitter Londres le surlendemain : elle s'y résolut
d'autant mieux, que le soir Lionel lui
avait demandé la permission d'aller avec
sir Mordaunt à une course de chevaux
et de s'arrêter avec lui une nuit ou deux
à sa maison de chasse dans le voisinage,
demande qu'elle avait positivement rejetée, et que son fils n'avait vu repous-
sée qu'avec un déplaisir manifeste.

Mistriss Derville se leva de bonne
heure, et sur le champ adressa un billet
à M. Farrell son procureur, pour le prier
de la voir dans la matinée, en se rendant à la cité. M Farrell arriva avant
que Jenny et Lionel fussent descendus.
Mistriss Derville lui demanda sur le
champ s'il avait quelques renseignemens sur Sir Mordaunt Williams. Ceux
qu'il lui donna furent de nature à justifier pleinement les craintes de Sir Thomas Waring pour son fils, et la déterminèrent à ne pas perdre un instant pour
l'éloigner d'une société aussi dangereuse.

Elle ne crut pas devoir le questionner
sur lord N... Le fait était clair. Lord N...
était un homme marié, et cependant il
avait rendu des soins à sa fille, comme
s'il eût été libre de lui en adresser.

Quand Jenny et Lionel parurent, ce
dernier avait le regard sérieux, comme
s'il eût eu à faire une demande instante;
mais il n'en eut pas le courage. Mistriss
Derville devina qu'il voulait faire une
nouvelle tentative pour obtenir d'accompagner sir Mordaunt; elle résolut
de lui ôter tout espoir, et dit qu'ayant
brûlé la lettre qu'elle avait écrite à son
père pour lui demander la permission de
prolonger leur séjour, elle était tout-à-
fait décidée à quitter Londres dès le lendemain. « Oh! que je suis aise, maman,
s'écria la petite Anna, que je suis aise!
je vais revoir mon cher papa, et Nelly,
et mes lapins ».

Mais de toutes les personnes présen-
tes, Anna était la seule joyeuse. Son
frère et sa sœur étaient tristes, et leur
mère partageait leur tristesse. Elle crai-

gnait, en voyant l'émotion de sa fille, que ses affections ne fussent engagées par les assiduités de lord N... Elle appréhendait en outre que sir Mordaunt n'eût déjà inspiré à son fils un goût pour la vie à la mode qui le rendît peu propre à suivre le cours de ses études au collége.

Mais il était nécessaire, pour leur bien, qu'elle les instruisît de tout ce qu'elle avait appris, et de ce que des renseignemens certains lui avaient fait connaître relativement à l'admirateur empressé de l'une, et à l'ami flatteur de l'autre ; tandis que son cœur maternel saignait à la pensée de la peine qu'elle allait causer à ceux qu'elle aimait, elle ne pouvait s'empêcher de se reprocher à elle-même de s'être laissée entraîner par son ambition maternelle à tolérer une intimité entre sa fille et un homme sur le compte duquel elle ne savait rien, sinon qu'il avait des manières agréables, et qu'il était d'un rang élevé

Elle n'osait pas blâmer lady Lucy de ne l'avoir pas avertie que lord N... était marié; car cette dame pouvait n'avoir pas prévu les espérances mal fondées qu'avait conçues sa vanité maternelle; mais elle la blâma de ne lui avoir pas dit que sir Mordaunt était un compagnon dangereux pour son fils.

« Oui, mes chers enfans, dit mistriss Derville après une pause, et répondant à l'exclamation d'Anna. Nous allons maintenant revoir bientôt votre excellent père, et je crains, Anna, que tu ne sois la seule d'entre nous, qui puisse le regarder, sans avoir quelque chose à se reprocher. Car tu es la seule qui aies toujours désiré avec empressement de retourner près de lui. J'ai été bien négligente à son égard. Mais je ne le serai pas plus long-temps; car je suis fatiguée de la dépravation, et du vide de ce monde à la mode, et il me tarde de me rafraîchir dans mon innocente demeure, auprès de votre respectable père.

Fatiguée de Londres! fatiguée de ce séjour délicieux, s'écrièrent à la fois Lionel et Jenny. « Oh! ma chère mère; comment pouvez-vous parler ainsi? — Et quand croyez-vous partir?

Demain. — Oh non, non pas demain, nous vous en prions, ma chère mère, restons jusqu'à la semaine prochaine! — Impossible. — Que dira lady Lucy, dit Jenny? — Et que dira lord N., dites Jenny? dit à son tour Lionel, en regardant sa sœur avec un sourire significatif. Et, dites moi, Lionel, que dira votre nouvel ami, sir Mordaunt, que vous lui ayez ainsi fait faux bond, répliqua Jenny, rougissant à mesure qu'elle parlait?

Ma chère Anna, dit madame Derville, allez dans la chambre voisine; enfermez-vous y, et tâchez de composer une jolie lettre à votre papa, pour l'informer que nous partons, et lui marquer combien vous vous en réjouissez. Anna, charmée de cette commission, obéit avec joie, et mit sa mère en liberté de faire à ses enfans des commu-

nications qui pouvaient produire des
effets dont elle ne voulait pas qu'Anna
fût témoin.

« Quoique puissent dire sir Mordaunt,
lord N..., et même lady Lucy, tout cela
ne nous importe nullement. Plutôt vous
romprez votre liaison avec sir Mordaunt,
et mieux ce sera pour vous, mon cher
Lionel; et quand je réfléchis aux attentions trop marqués que lord N.. a pour
vous, Jenny, je suis convaincue qu'il
est temps de vous en éloigner. »

Quelle est votre pensée, chère maman?
dirent à la fois le frère et la sœur,
d'une voix embarrassée, et avec un
air si consterné que la voix de mistriss Derville elle-même s'altéra, lorsqu'elle leur répondit, en racontant à
Lionel tout ce qu'elle avait entendu,
et comment elle avait appris, ce qu'elle
savait sur son ami sir Mordaunt. Le
jeune homme écoutait et s'efforçait
de ne pas croire ce qu'il entendait;
mais sa mémoire lui rappelait tant d'in-
dices d'une morale relâchée dans la

conversation de son séduisant compagnon, et de son amour pour le plaisir,
qu'il fut obligé de s'avouer à la fin,
qu'une liaison si flatteuse pour sa vanité, eût pu devenir fatale à son repos, et, tranquillement, mais sans
répugnance, il promit de se préparer
à leur départ pour le lendemain. Mais
pourquoi, dit-il, enfin, voyant que
Jenny était troublée, en songeant à
ce que sa mère avait dit de lord N....,
pourquoi désapprouvez-vous les attentions de lord N... pour Jenny?
pourquoi l'emmenez vous avant qu'elle
ait achevé sa conquête, et que ce pair
soit à nous?

Cela est absurde, s'écria Jenny, satisfaite, quoiqu'elle eût l'air boudeur en
parlant.

Cela est absurde, en effet, répliqua
mistriss Derville, puisque lord N. est
déja marié, quoiqu'il soit séparé d'avec
sa femme.

Un homme marié! s'écria Lionel in-
digné, s'élançant de dessus sa chaise,

tandis que Jenny ouvrait les yeux, pâle et immobile comme une statue; un homme marié, témoigner à ma sœur des attentions si particulières! C'est un misérable! — Mais cela ne se peut pas. Il faut que vous soyez mal informée.

Impossible. La personne qui m'a instruite, est une dame qui a vu lady N. hier matin. Alors elle rapporta mot pour mot ce qu'elle avait entendu dans la salle des rafraîchissemens.

— Oh! que vais-je faire? s'écria Jenny, toute émue. Lord N. doit venir ici ce matin, je ne puis le voir; en vérité, je ne le puis. — Un homme marié! et se montrer si empressé auprès de moi!— A ces mots, une abondance de larmes involontaires soulagea son cœur agité, et la bonté caressante de sa mère et de son frère l'eurent bientôt calmée de nouveau. Lionel fut cependant, sur le point de la troubler encore, en déclarant qu'il verrait lord N... et qu'il lui demanderait raison. Mais sa mère ayant insisté pour

qu'il quittât l'appartement, avant même
que l'on eût annoncé ce lord, afin
d'éviter une explication désagréable, Jenny se tranquillisa de nouveau. A la fin
mistriss Derville réussit à la convaincre
qu'il fallait qu'elle vît lord N...., et
qu'elle lui montrât par la réserve de
ses manières, que, s'il se flattait que
ses attentions eussent fait impression
sur son cœur, sa vanité l'avait induit
en erreur ; mais que, si, le regardant
comme un homme libre d'engage-
ment, elle n'avait pas fait scrupule
de recevoir ses assiduités, ce serait,
d'après sa manière de penser, manquer
à ses principes, que de continuer à les
souffrir. « Je conclus, mon enfant,
ajouta-t-elle, que, quelqu'impression
que ses manières agréables aient faite
sur vous, la conviction qu'il est in-
digne de vous, doit l'avoir effacée, et
qu'un homme marié qui cherche à
se concilier l'attachement d'une jeune
fille innocente, doit être un homme
dépourvu de tout principe.

... Cela est vrai, très vrai. — J'ai toujours pensé, j'ai esperé. — Oui, dit à haute voix Lionel; l'espoir d'orner votre beau front d'une couronne ducale, vous a presque fait oublier ce pauvre Jones. Cela est absurde, répliqua Jenny, prenant un ton différent de celui qu'elle avait pris d'abord; car le souvenir d'un amour véritable et vertueux était doux à son cœur, même alors qu'il réveillait en elle un sentiment de repentir, alors qu'elle se rappelait les battemens de ce faible cœur, quand elle prêtait l'oreille à ces flatteries, à ces protestations qui ne lui paraissaient plus, que les témoignages d'une admiration dégradante pour elle-même. Mais mistriss Derville avait encore quelque chose à leur apprendre, et c'était l'âge de lord N... Lorsqu'elle en eût informé ses deux auditeurs surpris, l'idée que sa sœur, jeune personne de dix-huit ans, était condamnée à une passion sans espoir pour un jeune homme qui avait passé la cinquantaine, égaya Lionel au point

que Jenny elle-même ne put s'empêcher
d'en rire avec lui, et elle déclara, que
lord N...., fût-il à même de lui offrir
sa main, un refus positif serait sa réponse. Tout allait donc à merveille, et
mistriss Derville, que la manière dont
ses enfans avaient reçu les informations
dont elle avait était obligée de leur faire
part, avait soulagée de ses plus pressantes
inquiétudes, mistriss Derville, l'ame
satisfaite, procéda avec empressement
aux préparatifs de son voyage.

Dans le cours de la matinée, lord
N.... se présenta, et mistriss Derville
fut charmée de voir avec quelle con-
venance dans les sentimens et dans les
manières Jenny le reçut. Lord N....
comprit sur le champ, que quelque
cause avait opéré une revolution dans
les sentimens de la mère et de la fille,
à son égard; il soupçonna la vérité,
dès qu'il eut découvert qu'elles n'a-
vaient point connu d'abord sa position
réelle, oubliée souvent de ceux même
qui en étaient instruits. Il reconnut

ainsi que ses attentions avaient éveillé
dans ces deux cœurs d'ambitieux
projets; il se crut en conséquence
permis de badiner sur les espérances
présomptueuses de ces belles; il connaissait trop bien le caractère égoïste
de lady Lucy Donellan, pour craindre
qu'elle eût découvert ce qu'il désirait
cacher; car, elle n'avait pas d'autre
but que de l'attirer chez elle, et il
n'ignorait pas son peu de délicatesse
sur le choix des moyens.

Pendant qu'il cherchait à deviner
qui pouvait avoir appris à ces beautés
champêtres, ainsi qu'il les appelait,
qu'il était marié, et qu'il acquerait
la conviction qu'elles en étaient infor-
mées, il résolut, non-seulement, de
faire de nécessité vertu, et d'avouer
lui même ce qu'il ne pouvait pas cacher
plus long-tems, mais de saisir l'occasion
de mortifier un orgueil qu'il trouvait
offensant pour lui. Ainsi, vous partez
demain, dit-il, avec l'expression du
regret. Cette nouvelle m'afflige réel-

lement, d'autant, plus que je n'ai pas
pu, jusqu'à présent, solliciter de vous
l'honneur de vous voir et de vous
entendre à ma maison de campagne.
Il y a, je vous assure, des salles mer-
veilleuses pour faire de la musique
et j'y ai des instrumens admirables.
C'est mon épouse, lady N.... musicienne excellente, qui les a choisis,
et lorsque nous nous sommes séparés,
j'ai insisté pour les garder. Vous avez
sûrement entendu parler de ma malheureuse position ?

Jenny était trop piquée pour répondre. Mais mistriss Derville répliqua,
qu'elle savait maintenant qu'il était
marié, et séparé de sa femme, mais
qu'elle n'en avait rien su que la nuit
précédente. Jusques-là, ajouta-t-elle,
votre seigneurie avait, à tel point, les
manières d'un jeune homme sans en-
gagement, appuyant fortement sur ces
expressions, que j'aurais eu beaucoup
de peine à croire que vous fussiez
marié depuis près de vingt ans.

Le rouge lui monta vivement au visage, à l'ouïe de ce sarcasme indirect, d'autant plus piquant pour lui qu'il crut appercevoir un sourire moqueur sur les lèvres de Jenny. Piqué à son tour, il répliqua qu'il était très jeune quand il s'était marié, et trop jeune pour apprécier d'autres qualités, que les qualités extérieures dans la personne qu'il avait choisie; — que lady N.... était alors jeune, belle, et de haute naissance, puisqu'elle était fille d'un duc; qu'une haute naissance étant, dans son opinion, une condition absolument nécessaire dans l'épouse qu'il voulait choisir, il s'était estimé heureux de trouver cette condition unie à la beauté, et aux talents dans l'héritière du duc de B., qu'enfin ces avantages indispensables, l'avaient tellement aveuglé sur les défauts de Lady N.... qu'après leur mariage, sa surprise avait été égale à son malheur.

Les deux dames comprirent fort bien l'intention maligne que laissait facilement deviner cette réplique; elles se dé-

cidèrent sagement à la laisser sans réponse. Ainsi mistriss Derville détourna la
conversation sur un autre objet, et vit, à
sa grande satisfaction, Jenny y prendre
part comme de coutume. Mais lord N....
se sentit si vivement attaqué, peut-être
même, si déconcerté, malgré son assurance affectée, qu'aussitôt qu'on eût
annoncé M. Farrell, il se leva, et prit
très-brusquement congé.

M. Farrell ne demeura pas long-temps.
Il approuva avec chaleur le départ de
mistriss Derville. Il sortait à peine qu'il
entra une visite, dont les intentions
étaient fort différentes ; la nouvelle
arrivante n'approuvait pas ce départ,
comme M. Farrell, mais venait pour
l'empêcher s'il lui était possible.—C'était
lady Lucy Donellan qui entra dans la
chambre.

Eh quoi! ma très chère mistriss Derville, s'écria-t-elle, en lui prenant la
main, qu'est-ce que j'entends dire? mais
j'ai déclaré que je n'en croyais rien, à
moins de l'avoir entendu de votre bou-

che. On m'a dit, mais cela est réellement incroyable, que vous vous prépa-
riez à nous quitter demain matin. —
Tandis que je projettais des parties si
délicieuses pour vous, pendant toute la
semaine prochaine, et une petite partie
si agréable chez moi pour demain
soir, partie que j'ai arrangée à votre
intention, et pour vous présenter à
quelques aimables personnes d'un
rang élevé, du plus rare mérite, et
qui meurent d'envie de vous connaître.

Je vous suis très obligée de cette nouvelle preuve de vos attentions pour
nous, répliqua froidement mistriss Derville. Mais aucune considération ne pourrait me déterminer à prolonger encore
mon séjour ici, pendant une semaine.

A la bonne heure, à la bonne heure:
mais restez, restez jusqu'après demain; je vous assure que la partie ne
peut avoir lieu sans vous. C'est pour vous,
et pour vos aimables chanteurs qu'elle
a lieu. J'ai promis à la société qu'elle
verrait et entendrait un nid des plus

charmans rossignols , un grouppe si
aimable et si harmonieux.

« C'est impossible , madame. Il
faut que les rossignols quittent ce
séjour, pour aller chanter dans les
bois qui leur servent d'asyle ; car ils
trouvent ici des milans prêts à fondre
sur leurs têtes aveugles. »

« Des milans , des milans ! la méta-
phore est jolie, mais tout-à-fait incom-
préhensible. Je proteste contre les milans ; je vous assure que mes hôtes
de demain ressemblent plutôt à des
colombes, et qu'ils se préparent à rou-
couler en l'honneur de vos chantres
aimables ; je vous atteste qu'il y aura
demain chez moi, une jeune et belle
héritière, qui dit de vous, M. Derville,
des choses que je craindrais de répéter,
de peur de vous inspirer trop de
vanité. Il y a aussi certain baronnet qui
déclare hautement, que miss Derville est une Divinité ; je crains enfin,
que le pauvre lord N.... ne se tue,
quand il viendra chez moi, et qu'il

n'y verra plus ce qui l'y attirait. Que dira-t-il, que fera-t-il, quand il saura que sa syrène est partie? « Qu'il cherche ailleurs, le plutôt possible, une aimable syrène, si quelqu'une est assez dépourvue de sens, pour encourager les attentions marquées d'un homme marié. Si miss Derville avait su, que lord N.... était marié, elle n'aurait pas encouragé si long-tems des assiduités, qui, je suis vraiment affligée de le dire, ont déjà exposé sa mère et elle, à des observations désagréables.

Est-il possible, ma chère amie, que vous soyez assez faible, pour faire attention aux propos de femmes dévorées de jalousie? Les attentions, l'admiration de lord N.... ne peuvent que mettre une femme à la mode. Je suis enchantée de voir à quel point votre aimable Jenny l'a charmé; je sais combien cela fera d'honneur à votre fille, dans le monde. Maintenant admirée, elle sera bientôt recherchée, et je ne doute nullement d'un très-

bon lot pour elle. Il serait tout-à-fait
cruel de l'en priver, et vous n'êtes
point pour elle une marâtre. Je veux
d'ailleurs vous donner un bon avis. Si,
comme vous le dites, et, comme je
n'en doute nullement, vous avez ignoré
jusqu'à présent que lord N.... fût marié,
votre départ subit, après cette nouvelle,
fera dire à chacun que ce merveilleux
Adonis de cinquante ans, a fait la conquête de votre fille, et que vous n'avez
cru pouvoir la guérir de sa passion,
qu'en faisant retraite. Le monde dira
aussi, que relativement à votre position, vous avez cédé à des vues d'orgueil et d'ambition pour votre fille.

Mistriss Derville était d'abord
trop agitée pour répondre à ce long
et artificieux discours; Jenny tremblante gardait le silence, et Lionel
regardait lady Lucy avec l'expression
du regret qu'elle ne fût point un
homme, et qu'il ne pût pas l'as-
sommer.

Madame, répliqua à la fin, mistriss

Derville, si mon ambition m'avait trompée, en me faisant désirer que ma fille
devînt l'épouse d'un homme de naissance, et que cet époux fût lord N...,
je me livre très-volontiers, en expia-
tion de ma folie, aux soupçons et aux
observations mortifiantes dont vous
avez parlé.

« Mais avez-vous aussi le droit d'y
exposer votre fille, dites-le moi ? ».

« Répondez vous-même, Jenny ;
je suis certaine que vous répondrez
comme vous devez le faire. »

« Jenny, qui pouvait à peine retenir
ses larmes, répondit : « Quelque
parti que ma mère juge le plus convenable pour elle et pour moi, je suis
convaincue que ce sera le meilleur à
prendre ; et comme elle juge convenable de partir demain, je suis on
ne peut pas plus, disposée à la suivre,
quoique le monde en puisse dire ».

« Tout à fait obéissante, en effet ;
et vous monsieur Derville, êtes-vous
dans les mêmes dispositions, êtes-vous

aussi obéissant que votre modeste
sœur? êtes-vous prêt à rompre votre
liaison avec ce modèle d'élégance, avec
sir Mordaunt Williams, qui vous a
témoigné plus d'attention que je ne
lui en ai vu marquer à aucun homme
dans sa vie, et qui aurait donné le
dernier poli à vos manières? »

« Sans doute, répondit Lionel, avec
un sourire sardonique, (car il ne
voyait que de l'impertinence dans les
propos de lady Lucy, et il était vivement
porté à prendre la défense de sa mère,)
sans doute, mes manières auraient pu
recevoir le dernier poli. Mais quelle
opinion votre seigneurie aurait-elle eue
de ma morale, sous la direction d'un
tuteur tel qu'à notre connaissance
actuelle peut l'être sir Mordaunt. »

«Et dites-moi un peu, je vous prie,
qu'avez-vous à objecter contre la morale de sir Mordaunt? Il n'est pas pire,
j'ose le dire, que la plupart des jeunes
gens, et je ne puis imaginer qu'elle
est l'officieuse personne qui s'est in-

gérée à vous effrayer tous pour vous faire partir au moment où vos intérêts exigent le plus impérieusement que vous restiez ici... Un hasard, ou peut-être la providence a permis que j'entendisse la nuit dernière ce qui a produit un changement dans mes projets, et quand je vous aurai informé de ce que j'ai entendu, ma détermination n'aura plus rien qui vous étonne. — Mistriss Derville raconta tout à lady Lucy, et avant que celle-ci pût reprendre la parole, la première ajouta : « Vous voyez, ainsi madame, qu'un étranger a eu pour une mère une bienveillance compatissante, que vous, qui vous dites son amie, ne lui avez nullement témoignée. Un étranger a désiré que je fusse avertie, tandis que vous me cachiez avec soin le danger que courait mon fils, et tout bien considéré, vous étonnerez-vous, si, comme je l'ai dit, les oiseaux chanteurs ne veulent pas chanter plus long-tems dans des lieux où les mi-

3*

lans sont prêts à fondre sur eux. »

Lady Lucy était alors convaincue
que les yeux d'une mère inquiète
étaient trop bien ouverts, pour qu'il
fût possible de les fermer de nouveau.
Comme elle avait perdu tout espoir
de tirer désormais aucun parti des Derville, elle n'avait plus de mesure à
garder avec eux. Elle donna donc carrière à la violence naturelle de son caractère, et à la bassesse de ses sentimens. Elle reprocha à mistriss Derville, dans des termes, que la passion
lui permettait à peine d'articuler, les
grandes obligations que cette dame lui
avait, et la basse ingratitude dont elle
la payait, en l'accusant indirectement,
d'avoir, de propos délibéré, exposé sa
fille aux assiduités d'un homme marié,
et son fils aux conseils corrupteurs d'un
jeune débauché ; mais elle était bien
aise d'avoir découvert le vrai naturel,
et le caractère réel de mistriss Derville,
et elle voyait que sous l'apparence
de mœurs sévères, et avec des pré-

dentions à la piété, elle avait, comme
c'est l'ordinaire, un grand fond de
rancune, et était très-disposée à
prêter l'oreille aux propos médisans
contre le prochain.

Je m'attendais peu, ajouta lady Lucy,
qu'une liaison que j'avais eu tant de
plaisir à former, dût finir de cette
manière; cependant, puisqu'il en devait être ainsi, je suis charmée qu'elle
finisse aussi promptement; car j'en
éprouverai moins de peine. Ma sensibilité naturelle me rend prompte à
m'attacher, et quelques jours de plus
d'intimité, m'auraient fait craindre que
mon cœur ne se fendît, en vous faisant les adieux que je vous fais maintenant pour toujours.

En finissant, elle s'élança vers la porte,
et elle était en bas de l'escalier, avant
que les Derville fussent revenus de la
consternation, où les avaient plongés les
sentimens divers qu'avaient fait naître
en eux s es adieux.

Cependant la petite Anna, qui avait

été témoin de toute la scène, avait conservé toute sa tranquillité, et sautant joyeusement, elle s'écria : «Oh que je suis aise qu'elle soit partie? la méchante vieille! alors avec une habileté bouffonne, elle contrefit les manières et le ton de lady Lucy, et répéta ses dernières paroles avec tant d'exactitude, que Lionel et Jenny ne purent s'empêcher d'en rire. Pour mistriss Derville, si elle y eût fait attention, elle eût sévèrement réprimandé cette application d'un talent vil qu'elle méprisait, et dont elle lui avait interdit l'exercice.

Dans l'intervalle, lady Lucy avait à peine atteint la porte, qu'elle se reprocha d'avoir imprudemment querellé ces campagnards ; leur résidence était voisine de bains à la mode, et il lui eût été fort commode d'aller passer chez eux quelques semaines chaque automne. Elle se décida donc à remonter, à s'excuser auprès de mistriss Derville, sur l'irritabilité de son caractère, sur l'exquise délicatesse de

sentiment, qui n'avait pas pu supporter les blessure faites à sa tendre amitié ! Elle entrait dans la chambre,
son mouchoir tout prêt à essuyer les
larmes dont elle comptait appuyer son
apologie, quand elle vit et entendit
Anna qui la contrefaisait au naturel.
Incapable de contenir sa fureur, à cette
preuve inattendue du peu de cas que
l'on faisait d'elle dans la famille, elle
donna à l'imprudente petite fille un
soufflet dont la vigueur égalait, si elle ne
surpassait pas celle du soufflet qu'avait
donné au comte d'Essex la reine Eli-
sabeth; aussitôt lady Lucy, honteuse
de son exploit, convaincue que ce n'é-
tait pas le moyen de se faire inviter à
Loveland, regagna l'escalier le plus vîte
qu'elle pût, et s'en retourna, avec l'intention de se venger de ces individus,
qu'elle qualifiait alors de famille rus-
tique, et non plus de beautés champêtres, et d'aimables oiseaux-chanteurs.
Elle disait donc partout, que mistriss
Derville ayant vu sa fille éperduement

amoureuse de lord N...., l'avait enlevée
précipitamment de peur des suites,
récit dont la vanité de lord N... devait
être trop flattée, pour qu'il ne s'empressât pas de le confirmer.

Les Derville avaient peine à revenir
de la surprise que leur avaient causée
cette seconde visite de lady Lucy, et
sa disparition soudaine, après qu'elle
eût donné à la pauvre Anna un témoi-
gnage si rude de sa présence; on eût
dit d'une fée méchante, qui, dans l'intention d'infliger une peine, serait ap-
parue à une naissance, pour laquelle
on ne l'aurait pas invitée, et qui aurait
disparu après avoir accompli son dessein.
Mais aussitôt qu'ils furent revenus de
leur étonnement, mistriss Derville dit
froidement à Anna :» J'ai obligation à
lady Lucy de m'avoir épargné la peine
de corriger un enfant, qui m'a moi-
même offensée; le rude soufflet qu'elle
vous a donné, Anna, vous punit assez
de votre hardiesse, à faire ce que vous
savez que je hais et que je blâme ;

j'espère que le souvenir de ce châtiment bien mérité, vous empêchera de
jamais retomber dans la même faute.»

«Non-pas, dit Anna, en sanglottant,
non-pas ; car, dût-elle me meurtrir
de coups, je recommencerais pour la
vexer ; mais je ne le ferai plus, pour ne
pas vous faire de peine, maman.—
pour cela uniquement, et non pour
autre chose ; car je suis fâchée de
vous avoir déplu.»

À ces mots, mistriss Derville se leva,
et prenant Anna par la main, la conduisit dans une chambre voisine ; jamais
cette dame ne réprimandait enfant ni
domestique devant personne : après
avoir fait entendre raison à la petite
pécheresse impénitente et récalcitran-
te, elle la ramena convertie et soumise.

Ce fut le dernier événement de leur
séjour à Londres ; et, comme il mit
fin à leur liaison avec lady Lucy Donellan, quoique peu important, ils durent
le regarder comme heureux. Mistriss
Derville vit avec un cœur reconnais-

sant l'aurore du jour qui devait les
voir s'éloigner de Londres et de ses
dangers, et éclairer leur retour vers
un asyle où ils allaient retrouver la
sécurité et le bonheur. Sa tendresse
maternelle avait été vivement alarmée
pour la tranquillité de sa fille et les
mœurs de son fils. Elle ne voyait donc,
pour le moment, que les dangers de
la capitale, et surtout ceux des sociétés
du grand monde, au milieu desquelles
elle avait vécu. Les charmes de ce séjour furent donc aussi pour quelque
tems tout-à-fait oubliés. Mais il ne fallait pas un sentiment moins fort que
celui de l'amour maternel, pour
produire un pareil effet sur mistriss
Derville. Son orgueil et sa vanité,
défauts dont tous les êtres humains ont
leur part, avaient été extrêmement
flattés pendant son séjour à Londres;
il ne manquait à son contentement
que la présence de son époux. Jamais
elle ne revenait de ces assemblées où
elle avait réellement brillé comme

rivale de sa fille, et où, certainement,
on l'avait remarquée davantage, sans
se dire à elle-même : « Oh ! que Derville
n'était-il là, pour y voir combien j'étais
admirée ! »

Cependant, malgré les flatteries de
la capitale, quand toutes les boîtes furent attachées, tous les mémoires
payés, la voiture à la porte, les derniers
adieux faits au bon procureur, mistriss
Derville sentit son cœur battre, allégé
d'un certain poids, et s'élança dans la
voiture, avec une joyeuse vivacité que
partageait la seule Anna. Pour miss
Derville, elle n'était pas encore récon-
ciliée avec l'idée de renoncer au rêve
du rang qui semblait s'être offert à elle,
et elle était sans doute mortifiée de n'a-
voir à son retour, aucune conquête à
citer, pour se faire mieux valoir auprès
de celui, qui, cependant, savait déjà
apprécier tout son mérite. Quant à
Lionel, il était chagrin de ne pouvoir
assister à ces courses dont il avait tant
ouï parler ; en réponse à ses excuses, il

avait reçu un billet de sir Mordaunt, qui exprimait des regrets très-aimables. Son jeune ami était donc très-porté à croire que les rapports faits à sa mère étaient injurieux pour ce cavalier, et il eut désiré que sa mère eût été moins ferme dans ses résolutions.

Occupés de toutes ces réflexions, ils voyagèrent pendant quelques milles, sansque le silence de la famille fût interrompu autrement que par les exclamations d'Anna, toute joyeuse de revoir la campagne, et d'avoir quitté cet ennuyeux Londres. Mais avant qu'on eût atteint la couchée, la gaieté des jeunes gens s'était ranimée, et les plaisirs que l'on se promettait d'avance, dans la maison paternelle, avaient repris leur pouvoir sur leurs esprits.

Il en était tout autrement de mistriss Derville; plus elle s'éloignait de Londres, avec tous ses agrémens, son agréable oisiveté, ses plaisirs, et ses commodités, qu'elle sentait bien cependant n'être que les superfluités du luxe, plus elle

se rappelait avec regret à-la-fois et avec
reconnaissance les plaisirs que Londres
lui avait procurés, et les amis, ou du
moins les admirateurs qu'elle y avait
laissés. Les dangers auxquels ses enfans
avaient échappé en quittant ce séjour,
le dégoût moral qu'elle même y avait
éprouvé disparaissaient devant l'agréable souvenir du bonheur qu'elle y avait
goûté.

Elle aimait, il est vrai, tendrement
son mari : son cœur était ému en pensant au plaisir de leur prochaine réunion.
Mais quand les premières impressions
de ce bonheur seraient calmées, elle
sentait que ces privations, suite naturelle d'un revenu étroit lui seraient plus
pénibles, par la comparaison qu'elle
avait appris à faire de la médiocrité de
sa maison avec le luxe dont elle avait
été témoin. Elle allait trouver à son retour de petites chambres, de vieux meubles et bien peu, peut-être même aucune
de ces commodités d'un salon ou d'une
chambre à coucher, sans lesquelles à la

vérité nos ancêtres savaient très-bien
vivre; mais dont nous nous sommes
habitués à croire que nous ne pouvons
absolument nous passer.

Elle retournait à ces occupations domestiques, elle allait se livrer de nouveau à cette régularité de soins qu'un
médiocre revenu rend indispensables;
jusqu'alors, elle n'en avait point senti
les désagrémens : elle avait rempli gaiement ces devoirs; mais sa manière de
vivre pendant les cinq dernières semaines lui avait ouvert les yeux.

Elle ne s'était réveillée tous les matins
que pour chercher le plaisir dans des rues
remplies de monde, dans des places pu-
bliques, dans des promenades à la mode.
Une parure du matin pleine de goût,
était remplacée par une parure du soir
non moins élégante. La simplicité de sa
retraite champêtre avait perdu pour elle
ses attraits, depuis qu'elle avait passé
deux nuits à la campagne d'une femme
à la mode ; et elle ne pensait qu'avec
peine à reprendre ses occupations du

ménage, en songeant aux plaisirs d'une
élégante oisiveté dans la capitale. « Combien je souhaiterais que quelqu'un
donnât à M. Derville une cure de mille
livres sterlings! c'était toujours son re-
frein, quand elle s'était livrée à ces idées.
Elle était quelquefois tentée de regretter
que l'argent qu'elle avait dépensé à
Londres fût tout ce que son mari avait
intention de distraire du legs qu'elle
venait de recevoir ; le revenu de ce
capital, n'étant, dans son opinion,
que suffisant (et cette évaluation était
juste) pour le mettre en état de donner
à son fils l'éducation du collège ; car ce
legs si considérable dont parlait sans
cesse lady Lucy, pour donner à ces campagnards, ainsi qu'elle les appellait depuis peu, plus d'importance dans le
monde, n'excédait pas de beaucoup 4
mille livres sterling. Cependant, pensait mistriss Derville, on pourrait consacrer une petite somme à embellir au
moins l'intérieur du Presbytère, et je

suis sûre que M. Derville ne me re-
fusera pas cette satisfaction.

Elle était entièrement préoccupée de
ces idées, lorsque la demeure et les terres
de mistriss Arlington se présentant tout
à-coup à sa vue, lui arrachèrent un soupir d'envie. « Qu'un endroit pareil me
conviendrait bien pour y vivre! Oh que
ne suis-je donc maîtresse d'un pareil domaine ! Elle avait à peine éprouvé ces
regrets, lorsqu'elle vit la porte de la
maison s'ouvrir; un domestique couvert
d'une très riche livrée y parut, accompagné d'une autre personne qu'elle
jugeait être un domestique sans livrée,
et qu'avant son séjour au milieu du beau
monde, elle aurait certainement pris
pour un homme de distinction. « Je ne
serais pas étonné, dit mistriss Derville,
de rencontrer mistriss Arlington, ou
quelqu'autre personne de marque, car
les domestiques paraissent attendre quelqu'un. » Elle avait à peine parlé qu'elle
vit paraître deux coureurs vêtus de la

même livrée, et non loin d'elle, un barouche ouvert que traînaient quatre
beauxchevaux gris; dans ce coupé était
une dame, dont un voile cachait les
traits, et sur le siège du barouche une
femme que la famille prit pour sa femme-
de-chambre; c'étaient les enfans qui faisaient ces observations. Car les postillons
couraient si vîte, que sans être peureuse,
mistriss Derville était trop occupée de
surveiller les mouvemens de son conducteur pour faire attention à autre chose.
Ses craintes ne se trouvaient que trop
bien fondées; précisément, dans l'endroit de la route le plus étroit, comme
le postillon de mistriss Derville s'efforçait en vain de quitter la voie de l'autre
voiture, les roues s'embarrassèrent, et
la dernière voiture emportée par la rapi-
dité de son attelage, fit sauter la roue
du faible véhicule de mistriss Derville,
petit coupé qu'un voisin de ses amis lui
avait prêté pour le voyage. Aussi au même
instant fut-il renversé, et Lionel jeté
par terre sur la route y demeura sans

mouvement et tout étourdi de sa chûte.

Jenny et Anna n'avaient point eu de mal; mais mistriss Derville tomba contre une pierre pointue qui lui ouvrit un côté de la tête ; cependant quoique le sang coulât le long de ses joues, elle n'y fit point attention; la terreur que lui inspirait l'état de son fils, absorbait toutes ses facultés; se précipitant à côté de lui, elle donna cours à toutes les expressions d'une tendresse inquiète et souffrante, que lui dictait la vivacité de ses sentimens. Jenny, plus maîtresse d'elle-même, dépêcha le postillon sur un des chevaux pour aller chercher du secours à la ferme, et la femme-de-chambre tint l'autre regardant avec anxiété la voiture de mistriss Arlington. Un cri aigu, qui faisait plus d'honneur à la sensibilité de cette dame, qu'à son empire sur elle-même, lui était échappé à la vue de l'accident, et Jenny espérait qu'elle leur enverrait quelque secours de la maison; mais elle ne connaissait pas mistriss Arlington. L'habitude de cette dame

était de secourir elle-même, et non
d'envoyer du secours ; et dès que les
postillons purent arrêter les chevaux qui
couraient toujours, Jenny, à sa grande
satisfaction, vit revenir la voiture, avec
la dame qu'elle s'imaginait devoir être
mistriss Arlington. En une minute au
plus, cette dame fut à côté d'elle, et
aussitôt, pendant que des larmes cou-
laient de ses yeux à l'aspect de Lionel
privé de sentiment, et à l'ouïe des lamentations touchantes de sa mère,
mistriss Arlington frottait les tempes
de Lionel avec de l'eau de Cologne, et
aidait Jenny à examiner la tête de son
frère.

Mais il n'était qu'étourdi de sa chûte,
et non blessé. En peu de temps, il ouvrit les yeux, et ayant repris entièrement
ses esprits, il se releva, sans avoir besoin
de secours. Le passage de la douleur à
la joie fut trop fort pour sa mère que
tant de craintes avaient troublée ; et au
grand effroi de ceux qui l'entouraient,
elle tomba elle-même sans connaissance.

Ils n'avaient point encore remarqué sa
blessure à la tempe, et ils craignirent
que la perte de son sang n'eût causé son
évanouissement. Dans cet intervalle,
les coureurs et les autres domestiques
de mistriss Arlington étaient arrivés, et
cette dame insista pour conduire toute
la famille chez elle, pendant qu'elle
envoyait réclamer du secours dans le
voisinage. Quand mistriss Derville revint
à elle, elle se vit couchée dans la voiture
de mistriss Arlington, la tête appuyée sur
les épaules de Jenny, tandis que cette
dame lui tenait une main, et que Lionel
tenait l'autre, guettant dans l'anxiété de
l'attente, le moment où elle reviendrait
à la vie. Anna était sur le siège, et sur
les genoux de sa gouvernante.

«Oh! qu'est-ce que c'est que tout cela?
dit mistriss Derville d'abord d'une voix
entrecoupée. Qu'est-ce que tout cela si-
gnifie? mais sur le champ elle s'écria je
me rappelle maintenant tout ce qui s'est
passé; vous m'êtes tous rendus. Elle
fondit en larmes, oppressée par sa sen-

sibilité, et se jetta au cou de son fils.

Son premier sentiment fut pour Lionel; le second pour mistriss Arlington, dont la belle figure exprimait tout l'intérêt qu'elle prenait à la scène qui se passait sous ses yeux, et à la bonté de qui mistriss Derville savait qu'elle avait pour le moment beaucoup d'obligation. Mais avant qu'elle pût faire aucune question, Anna s'écria : ô chère maman, songez seulement que nous allons dans cette belle maison. » Au moment même, la voiture s'arrêta à la porte.

Mistriss Derville commençait à exprimer ses regrets, ainsi qu'il est d'usage en pareille occurrence; mais mistriss Arlington l'interrompant, lui répondit avec le sourire de la bienveillance, qu'ayant été cause du mal, elle ne faisait que son devoir en cherchant tous les moyens de le réparer; mais qu'en même temps elle assurait mistriss Derville qu'elle trouvait aussi du plaisir à le faire; et comme la voiture de cette dernière était tellement brisée qu'il fallait

un ou deux jours au moins pour la remettre en bon état, elle ne pouvait que
prier mistriss Derville et sa famille de
regarder sa maison comme la leur, jusqu'à ce qu'il leur fût possible de la quitter.
Mais ne pourrions-nous pas nous procurer une chaise de poste, et poursuivre
notre route? dit mistriss Derville.

« Une chaise de poste, répondit
mistriss Arlington, ne pourrait pas
contenir cinq personnes, quoique ma
petite amie soit du nombre, et si vous
êtes attendus quelque part, le courrier
se met en route dans quelques heures,
et vous pourrez écrire. Souvenez-vous
d'ailleurs, que vous avez fait une longue route, et que vous avez besoin de
repos.

Mistriss Derville consentit à rester.
Elle ne pouvait s'y refuser plus long-
tems. Elle en lisait le désir dans les yeux
suppliants de ses enfans, intercesseurs
toujours puissants auprès du cœur d'une
mère! était-elle d'ailleurs elle-même
bien fâchée de reprendre promptement

l'usage de ces avantages du luxe auxquel elle avait eu tant de peine à renoncer !

Les voyageurs mirent pied à terre ; pendant que l'on enlevait leurs malles de la voiture brisée, mistriss Arlington les invita à entrer dans ses appartemens qui consistaient en une enfilade de pièces au rez-de-chaussée ouvrant sur le parterre qui avait tant excité leur admiration : mais les malles arrivèrent avant qu'ils eussent assez amplement examiné les beautés de tout ce qui les entourait, et leur attentive hôtesse, après les avoir fait rafraîchir, les conduisit dans les pièces qu'ils devaient occuper, et les laissa changer de vêtements.

Quand le chirurgien qu'avait envoyé chercher mistriss Arlington fut arrivé, il lui fut aisé de convaincre mistriss Derville que la chûte de son fils n'aurait aucune suite fâcheuse, et de rendre la joie aux enfans, par l'assurance qu'il leur donna qu'un peu de charpie guérirait bientôt la blesssure de leur mère à la tempe. En descendant l'escalier, mistriss Arlington rencontra la domestique de mistriss Derville qui se rendait auprès de sa maîtresse, et lui demanda le nom de la dame qu'elle s'estimait heureuse d'avoir pour hôtesse. Mais son nom fut tout ce qu'elle apprit de cette fille, et elle était trop réservée pour lui en demander davantage. Ainsi, tout ce qu'elle savait de ses hôtes, c'est qu'ils s'appelaient Derville; que la tendresse des enfans pour leur mère égalait la sienne pour eux, et celle qu'ils avaient l'un pour l'autre; qu'ils étaient d'une beauté rare; que leurs manières annonçaient une bonne éducation, et probablement une naissance honorable. Il était impossible qu'une femme dont les mœurs n'auraient pas été pures, eût l'air de décence, et cette honnête aisance dans les manières que montrait mistriss Derville, et jusqu'à ce qu'elle en pût apprendre davantage, mistriss Arlington se contenta de ce qu'elle savait.

Mistriss Derville, était également

satisfaite de la maitresse de la maison qu'elle habitait accidentellement. Elle savait que mistriss Arlington était veuve, et comme tout autour d'elle respirait un air d'opulence extrême, elle s'imagina que sa nouvelle amie avait été contrainte ou engagée à épouser un vieillard à cause de sa fortune, lequel en retour lui avait laissé ses immenses propriétés. Le caractère vraiment respectable, fortement empreint sur la physionomie aimable et imposante, comme dans les manières de mistriss Arlington avait tout-à-fait gagné la confiance de son hôtesse, qui paraissait moins jeune de quelques années. Celle-ci ne pouvait s'empêcher de rendre grâce à l'accident qui donnait lieu à une liaison dont elle espérait pouvoir un jour ou l'autre tirer avantage pour sa fille.

Pendant que sa mère s'occupait d'écrire à M. Derville, et de lui marquer que tout ce qu'elle regrettait de son accident, c'était le retard qu'il apportait à leur réunion, Anna était dans l'extase

du plaisir, courant de l'appartement
de sa mère à celui de sa sœur, tantôt
examinant les peintures, tantôt regardant de la fenêtre la belle perspective qu'elle avait sous les yeux; tantôt
volant avec l'exaltation d'une joie
enfantine à la fenêtre de la chambre
dans laquelle un lit à tombeau le plus
élégant du monde lui était destiné; par
la fenêtre ouverte de cette chambre,
elle lorgnait les branches des plus beaux
et des plus agréables arbustes fleuris
qu'elle eût jamais vus. L'un était un
Magnolia en pleine fleur, l'autre un
Grenadier double dont les fleurs étaient
également épanouïes. O maman, qu'elle
est heureuse, qu'elle est digne d'envie !
mistriss Arlington, s'écriait vingt fois la
petite fille, et quoique cette dame ne
parût avoir ni époux, ni enfans, mistriss
Derville sentant se réveiller son goût pour
la grandeur, pensait comme sa petite
fille. L'heure ordinaire du dîner d'Anna était passée depuis long-tems, et la
pauvre enfant se réjouissait à l'idée

qu'elle allait encore une fois dîner en
compagnie , plaisir qu'elle avait rarement eu à Londres ; l'aspect de
ce visage heureux était un plaisir
réel pour le bon cœur de mistriss
Arlington. Quand la cloche du dîner
sonna , les voyageurs obéirent à l'appel,
et trouvèrent un monsieur et une dame
avec leur hôtesse. Le convive était le
chapelain de mistriss Arlington; et dans
la dame, mistriss Derville reconnut une
mistriss Hilmore qu'elle avait vue chez
lady Lucy Donellan : mistriss Hilmore,
apprenant à son arrivée que mistriss
Derville et sa famille étaient les hôtes
de Lawn-house, (nom du séjour de
mistriss Arlington) avait informé cette
dame de toute l'histoire de mistriss
Derville , telle qu'elle l'avait ouï raconter par lady Lucy. Quand mistriss Derville entra , mistriss Arlington dit en
souriant: « Je vois que mistrisse Hilmore
et vous, mistriss Derville , vous êtes
d'anciennes connaissances.

Nullement, répliqua cette dernière;

4*

J'ai eu souvent occasion de voir mistriss Hilmore, mais je ne lui ai jamais été présentée. » Mistriss Hilmore, avec un regard presque stupide, fit une demi-révérence et passa dans la salle à manger. La vérité était que son rang dans la société n'était pas assez marqué pour qu'elle se crût permis de montrer des égards à ceux qu'elle regardait comme ses inférieurs ; et comme elle n'avait rien à gagner à se montrer polie, elle ne voyait pas de motif pour lier con-naissance avec la femme et la fille d'un recteur de village.

Mistriss Arlington qui connaissait le caractère de la dame, se contenta de sourire en remarquant la hauteur dé-daigneuse de mistriss Hilmore ; elle ré-solut de se montrer encore plus atten-tive pour mistriss Derville, et se réjouit intérieurement de ce qu'aussitôt après le dîner, mistriss Hilmore devait prendre congé pour faire une visite éloignée, et ne faisait que s'arrêter chez elle en passant.

Le dîner qui, à tous égards, était

... dans le silence ... et de l'élégance de
la maîtresse du lieu avant ... tout ...
... les dames ... rentrèrent au salon,
et mistriss Halmore ... les ...
de regrets à personne. Mistriss Ar...
ton proposa alors une promenade, sa
proposition fut acceptée avec empressement. La soirée était ... elle
proposa donc une promenade sur l'eau,
et la joyeuse compagnie trouva un bateau
et des rameurs prêts au premier signal.
Tout dans ce lieu charmant est fait
pour satisfaire la personne qui aurait le
plus d'ambition, s'écria ... ...
On vint en ... et refermant en ...
l'on ... désirer ... devant ... ...
C'est certainement un séjour digne
d'Ёome, observa mistriss Derville.
Dans ce moment mistriss Arlington
était courbée, et occupée à admirer ...
l'eau, quand Anna dit : Ô maman,
que je suis contente que nous ayons
versé. Que cela est heureux pour nous,
puisque cela nous a amenés ici. Je suis
si enchantée de tout ce que je vois.

donc! s'écria Jenny; comment pouvez-vous être si charmée de ce qui a fait tant de mal à maman, et mis Lionel en si grand danger: voyez comme maman est pâle: je suis sûre qu'elle n'est pas encore revenue de sa frayeur.

Non, ma fille, non, je n'en éprouve plus aucune, et je suis sûre que vous, et Lionel aussi bien qu'Anna, vous jouis-sez du bonheur inattendu d'être les hôtes de mistris Arlington; car je puis par-donner à Anna un peu d'égoïsme, quoi-qu'elle doive bien se rappeler com-bien de fois son cher papa lui a dit qu'elle devait toujours préférer, même, dans ses jeux le bonheur ou la satisfaction des autres à la sienne propre.

« Que cette importante maxime ré-pliqua mistriss Arlington est bien mise en lumière, et qu'elle est exprimée avec force dans les contes de miss Edgeworth; par compensation pour la peine que vous venez d'infliger à notre petite pé-cheresse, je prendrai le volume de l'excellent ouvrage que je viens de citer,

et, si vous le permettez, quand nous
rentrerons, et que nous aurons de la
lumière, un de nos jeunes compagnons
nous le lira tout haut, pendant que nous
travaillerons. Anna, qui avait laissé
tomber sa tête sur sa poitrine, et dont
les yeux s'étaient mouillés de larmes, à
la réprimande de sa sœur, et en s'enten-
dant accuser d'égoïsme par sa mère, reprit sa gaîté à l'idée du plaisir qu'on lui
promettait, et se montra aussi charmée
qu'auparavant de tout ce qui l'entourait.

Les promenades par terre et par eau
étant terminées, et le jour près de finir,
les promeneurs retournèrent au logis,
l'âme contente, et avec une allégresse
digne d'envie. Le seul regret des
voyageurs était que M. Derville ne
partageât point leurs plaisirs, « voici un
genre de jouissances que votre père a
toujours aimé, dit mistriss Derville.
Jamais je ne l'ai désiré, pour son plaisir,
à une assemblée de Londres.

Je l'ai souvent désiré, répliqua Lionel , quand je voyais combien l'on vous admirait, vous et Jenny , et comme on applaudissait à vos chants. Ravi comme je l'étais de l'admiration dont vous étiez les objets , j'aurais souhaité qu'il prît part à ma joie.

Les yeux de Mistriss Derville se remplirent de larmes, et Jenny en versa elle-même à cette preuve d'attachement de la part de quelqu'un qui leur était si cher. Mistriss Arlington jeta sur lui un regard d'approbation plus expressif, et plus flatteur qu'aucunes paroles n'eussent pu l'être. « Et n'a-t-il pas eu aussi des admirateurs à Londres, demanda-t-elle en souriant ? Ne chante-t-il pas aussi ? » Oh ! oui, ma chère dame , répondit vivement Jenny ; tout aussi bien, si ce n'est pas mieux que nous. Et je puis vous l'assurer , nous sommes vraiment glorieuses de lui.

Je ne puis en douter, répondit Mistriss Arlington , fixant ses grands yeux noirs, avec l'expression de la bienveillance , sur l'heureuse mère qu'elle avait devant elle , et il est doux de voir une famille aussi unie de cœur que vous l'êtes. Mais je désirerais juger moi-même du pouvoir de vos chants. Ainsi, dès que nous aurons lu un des contes dont je vous ai parlé , nous nous rendrons à la salle de musique.

On lut le conte que l'on admira. — On exalta et l'on envia celle dont la plume était si éminemment douée du talent de faire goûter aux autres les leçons de la sagesse aussi bien dans des contes que dans des écrits plus graves , ou plutôt, de convaincre tous ceux qui sont susceptibles de réfléchir, qu'il n'y a rien de futile dans un conte où l'on sait enfermer une leçon et une consolation de tous les jours pour nos semblables ; même sur les objets qui paraissent les moins importans. La compagnie , suivant le désir de mistriss Arlington, se dirigea alors vers la salle de musique , où il fut permis à Anna de rester jusqu'à dix heures. Les voyageurs exécutèrent la plupart des duos et des

trios qu'ils avaient chantés ensemble à
Londres ; leur hôtesse admirait la douceur de leurs voix, la perfection de leur
méthode, ainsi que leur rare beauté,
et la simplicité de leurs manières absolument exemptes de prétention. Elle ne
s'étonnait point de ce que lady Lucy
Donellan s'était fait honneur de les
montrer dans sa ménagerie d'animaux
à deux pieds qu'on appelle gens du bel
air.

Mais mistriss Arlington craignit que
le goût du beau monde et de ses flatteries, ne leur rendît insipides les occupations journalières d'une vie retirée,
et elle était plus disposée à les plaindre
qu'à les féliciter de leurs succès dans
les cercles de la bonne compagnie. Elle
demanda si M. Derville aimait la musique.

« Elle fait ses délices. »

« Je suis charmée de l'apprendre,
répliqua-t-elle en soupirant. Une épouse
est réellement digne d'envie, quand
ses talens font le plaisir de son époux : »
Elle espérait intérieurement que les

louanges de M. Derville pour un cœur
aussi attaché à lui que paraissait l'être
celui de sa femme, seraient toujours
pour elle un assez beau dédommage-
ment pour les flatteries des gens titrés
et à la mode.

Ses hôtes témoignèrent alors le désir
de l'entendre elle-même, jugeant d'a-
près la quantité des instrumens et des
partitions qu'ils voyaient, que mistriss
Arlington devait être une virtuose.
Mais elle se refusa à leurs prières : elle
craignait de leur ôter l'aisance et la liberté avec laquelle ils chantaient devant
elle, et de perdre ainsi elle-même le
plaisir qu'elle éprouvait à les entendre.
Car elle ne pouvait se dissimuler qu'une
fois qu'ils l'auraient entendue, il s'a-
percevraient qu'il leur restait encore
beaucoup à apprendre pour atteindre à
une exécution parfaite. Ainsi, voyant que
leur vanité avait été très exaltée par leurs
petits succès dans le beau monde (1), elle

_____

(1) Ceci est en français dans l'original.

avait pour eux trop de bienveillance
pour vouloir les mortifier, à moins que
leur intérêt même ne lui en fît une loi ;
mais elle leur joua des walses et une
sonate, et ils la reconnurent pour une
musicienne de la première force. L'heure
du repos était arrivée. La famille ayant
été appelée à la prière, on se sépara
ensuite, contens les uns des autres, et
avec l'espoir de se retrouver le lendemain matin.

Il arriva, et la salle ainsi que la table
du déjeûner offraient tant de choses
agréables, d'abondance et de recherche,
que la pauvre mistriss Derville trouva
Lawn-house moins fait pour la réconcilier avec son humble demeure, que
tout ce qu'elle avait vu pendant son séjour à Londres. Mistriss Arlington était
trop pénétrante pour ne pas découvrir
promptement la disposition d'esprit
de ses hôtes, à la vue de l'élégance et de
la richesse qui brillaient dans sa maison.
« Qu'il est nécessaire, pensait-elle,
pour un grand nombre de personnes

d'éviter la tentation ; car ce moyen est le seul qu'il y ait pour la plupart des hommes, de se garantir de l'erreur. — Combien peu sont à l'épreuve de la séduction ! Voici une épouse, une mère heureuse, mécontente de son lot, tout fortuné et digne d'envie qu'il soit, parce-qu'elle a eu le spectacle d'un genre de vie au-dessus du sien, et qui est, cependant incapable de procurer le bonheur. Si elle était demeurée dans la retraite paisible où une providence bienfaisante l'a placée, elle serait restée heureuse avec ce qu'elle possède, et n'aurait pas eu le tort, il faut le dire, de murmurer contre son lot ! »

Mistriss Arlington sortit de sa rêverie, et de ses réflexions morales assez tôt pour entendre mistriss Derville, qui disait : « j'insisterai sérieusement auprès de votre père, pour mettre à part une petite somme qui puisse nous procurer quelques meubles, et quelques objets commodes, tels que ceux que nous voyons, pour la table et l'appar-

tement. Ce que nous avons est réellement comme au sortir de l'arche ; et
aucune des nouvelles inventions n'est
parvenue jusqu'à nous. » Jenny et Lionel applaudirent au projet de ces nouvelles acquisitions qui leur paraissaient
d'absolue nécessité ; en peu d'instans ,
il n'y eut rien dans la salle où ils étaient
qu'ils ne se proposassent d'imiter en
miniature à Loveland.

Mistriss Arlington gardait le silence.
Mais elle soupira , en voyant qu'elle
était un objet d'envie pour une femme
dont elle enviait elle-même le rare bonheur : elle remarqua , dans le cours de
la journée la disposition croissante de
mistriss Derville à parler avec un vif
mécontentement du peu d'agrément
qu'elle trouvait dans sa maison, et à
persévérer dans le dessein d'engager
M. Derville à faire ceci , à acheter cela.
— On voyait aussi que l'assurance que
l'argent venait d'elle l'enbardissait à se
rendre plus exigeante. — Mistriss Arlington résolut donc de guérir le mal

croissant, s'il était possible, avant qu'il
ne fût trop invétéré, et d'employer un
remède efficace, quoiqu'il lui en coutât
de l'appliquer. Car, malgré le petit faible
qu'un voyage à Londres avait rendu si
saillant dans mistriss Derville et ses enfans les plus âgés, mistriss Arlington
persuadée qu'ils avaient le cœur excellent, et de bons principes, n'en éprouvait pas moins un généreux intérêt pour
leur destinée.

La bonne opinion qu'elle avait d'eux
augmenta encore, lorsqu'étant seule
avec mistriss Derville, elle apprit de
cette dame, les motifs de la résolution
soudaine qu'elle avait prise de quitter
Londres, et de la force que les alarmes
de sa tendresse maternelle pour la vertu
de ses enfans lui avaient inspirée, de
résister aux dangereuses instances de
lady Lucy Donellan.

Cette femme, pensa mistriss Arlington, mérite de rester heureuse. Je
désire réussir à lui conserver la paix
dont elle jouit ; ces petites tracasseries,

ces plaintes sur la mesquinerie et l'in-
suffisance de son mobilier dont jusqu'à
ce moment, les jouissances domestiques et le bonheur conjugal l'avaient
empêchée de s'apercevoir, pourraient
lui aliéner le cœur de son époux; je
veux la préserver de ce malheur. Mistriss Arlington tomba de nouveau dans
la rêverie. Mais comme elle était seule
avec mistriss Derville, la politesse l'obli-
geait à réprimer le penchant qu'elle
avait à s'y livrer : ainsi, après qu'elle
eut très sincèrement félicité cette dame
sur les excellens principes qui lui avaient
dicté sa résolution, la conversation se
porta sur des objets indifférens, et l'arrivée de la compagnie donna une nouvelle direction à leurs pensées.

Le lendemain était le jour où la voiture de mistriss Derville eut dû être réparée, et envoyée à Lawn-House :
mais elle n'était pas prête, et les ou-
vriers firent prévenir qu'elle ne pourrait
l'être que le lendemain soir, au plutôt.
Mistriss Derville fut donc encore obligée

de prévenir M. Derville de ne pas l'attendre : mais elle l'assura qu'elle partirait le
surlendemain, s'efforçant de croire elle-
même qu'elle était vraiment affligée de
ce délai : quand la lettre fut partie,
mistriss Arlington dit à mistriss Derville
qu'elle espérait que le jour de son départ
n'était pas encore fixé, et qu'elle désirait
profiter de l'occasion qui lui procurait
de nouveaux amis, dont elle estimait le
goût et le jugement, qu'ainsi elle était
tentée de les retenir pour une partie de
musique, qui devait avoir lieu sous deux
ou trois jours. Mistriss Derville curieuse
de rester pour cette partie, n'eut pas le
courage d'avouer qu'elle avait fixé l'époque de son départ; elle sentait cependant que son époux l'attendait, qu'elle
devait partir, et que mistriss Arlington
serait sûrement de cet avis. Elle fit donc
des réponses évasives : « vous êtes trop
bonne, trop flatteuse. J'aurais beaucoup de plaisir à rester : mais j'ai honte
de vous être importune, » et autres
phrases de ce genre. Elle alla faire part

à Jenny et à Lionel de la proposition de mistriss Arlington. Enchantés de l'idée de cette partie, jaloux de montrer leurs talens mieux encor qu'ils ne l'avaient fait à Londres, tous deux proposèrent sur-le-champ d'aller s'exercer à faire de la musique, en attendant la soirée le jour s'écoula avec autant de plaisir pour eux que les deux précédens. Plusieurs personnes étaient invitées à dîner; deux d'entr'elles étaient un homme de distinction, possesseur d'une grande fortune, et sa sœur. Jenny dont le jeune cœur avait appris à battre d'amour, et de l'espoir d'une conquête, prit soin d'arranger ses cheveux suivant la mode que lord N...., avait coutume d'admirer; et Lionel ajustant sa cravatte devant une glace, demanda si la sœur était aussi jolie que riche.

« Je suis bien aise, dit mistriss Arlington, que vous n'ayez pas demandé si elle était aussi riche que jolie. Si vous aviez fait cette dernière question, j'aurais pensé que vous n'aviez pas impunément fréquenté sir Mordaunt; car c'est celle qu'il eût faite.

« Sir Mordaunt est donc connu de vous? dit Lionel en rougissant.

Oui, et lord N... aussi; et je puis vous certifier, ainsi que miss Derville, que jamais votre chère maman n'a acquis plus de droits à votre tendresse et à votre reconnaissance, que quand elle a résisté aux instances de mon ancienne connaissance, lady Lucy Donellan, et qu'elle vous a enlevés de Londres. »

Les yeux du frère et de la sœur se baissèrent à ces mots; ils auraient désiré que leur mère n'eût pas été aussi communicative. Cependant, il y avait dans les manières de mistriss Arlington quelque chose qui invitait si fortement à la confiance, qu'ils sentirent qu'il eût été très-difficile pour eux de lui cacher quoique ce fût qu'elle eût désiré de savoir.

Le temps du dîner se passa agréablement. Cependant Jenny éprouva un mécompte. Le colonel Orme, homme de

bel air, sur l'admiration duquel elle
avait fait fond, se montra plus attentif
pour la belle mistriss Derville que pour
sa fille, quoiqu'également belle; et quant
à miss Orme, la bonne mine de Lionel, et sa cravatte bien nouée furent en
pure perte. Le rang et la réputation
d'homme à la mode étaient tout pour
cette demoiselle; un M. Derville dont
elle n'avait jamais entendu parler auparavant, ne pouvait donc fixer son attention. Il en eût été tout autrement si
Lionel se fût vanté de son intimité avec
sir Williams Mordaunt, lord N. et autres personnes du même ordre; car
alors elle lui eût parlé avec une char-
mante volubilité de ces aimables personnes. Elle eût même pensé qu'un M. Derville « devait être un homme agréable et intéressant, puisqu'il était connu
de tels personnages. » Mais les Orme
avaient quitté Londres avant l'arrivée
des Derville. A la fin de la soirée, une
occasion se présenta pour miss Orme
de dévoiler ce trait de son caractère.

Mistriss Arlington, tout en refusant de chanter elle-même, pressait ses hôtes, qui ne demandaient pas mieux, de se faire entendre. Comme elle priait Jenny de chanter un duo avec son frère; chantons, dit Lionel, ce duo dont lord N. était si charmé.

Ces mots opérèrent sur miss Orme comme un coup électrique. Se retournant avec vivacité, mon cher monsieur, demanda-t-elle à Lionel, est-ce que vous connaissez lord N.?

«Oui!madame, fut la réponse laconique de Lionel, qui ne put se résoudre à dire : J'ai cet honneur.

« Oh, je vous prie, chantez son morceau favori; il doit être charmant. Lord N. n'est-il pas vraiment un amour? »

Avant que Lionel pût répondre à une question si étrange, mistriss Arlington répliqua pour lui : « Un amour! Alors c'est un très-vieil amour; il serait le grand-père des amours. »

« Je sais que vous ne l'avez jamais aimé, dit miss Orme; mais j'ose espérer que

ces messieurs et ces dames en font plus
de cas. »

Mistriss Arlington prenant de nouveau la parole, au grand contentement
de ses hôtes : « Très-probablement, dit-
elle ; car ils ne connaissent lord N. que
par sa grande réputation d'habileté, et
par ses manières insinuantes. Mais vous
et moi nous en savons davantage sur son
compte, n'est-il pas vrai? Oui, continua-t-elle, ils connaissent lord N. et sir
Williams Mordaunt aussi, et quelques
autres de *vos héros*, qu'ils ont vus chez
lady Lucy Donellan.

« Chez lady Lucy? oh ma chère! dites
le moi à présent, n'est-ce pas une femme
délicieuse? s'écria miss Orme.

« N'est-elle pas vraiment un amour ou
la grand'mère des amours? reprit mistriss Arlington en riant. Mais trève de
ces questions enthousiastes, et permet-
tez-nous d'entendre le duo favori de
lord N. »

On le chanta, et miss Orme en fut
dans l'extâse. Mais, de peur de se mon-

trer trop polie, elle eut soin d'ajouter
qu'elle voudrait l'entendre chanter par
miss Stephens et Braham, ou par mistriss Salmon et Vaughan, qu'alors l'exécution serait parfaite.

« Je ne suis pas sûr, Sophie, s'ils le
chantaient, que vous vous en aperçus-
siez, à moins qu'on ne vous en avertît,
dit son frère, honteux de sa grossièreté;
car vous savez que vous n'avez pas d'o-
reille. Mais je suis sûr que jusqu'à présent vous n'avez jamais entendu ce duo
aussi bien chanté par des amateurs.
Maintenant, j'espère, mistriss Arlington, que nous aurons le plaisir de vous
entendre?

« Je vous prie de m'excuser, répliqua
cette dame; mes nerfs ne sont pas assez
forts ce soir pour me permettre de chanter devant miss Orme : je la croirais toujours occupée de la manière dont mistriss Salmon aurait chanté mon air; et
je tremblerais à l'idée de la comparaison. »

Miss Orme, lançant un coup d'œil

irrité à son frère et à mistriss Arlington,
commençait à prendre la défense de ses
oreilles ainsi calomniées, lorsqu'on annonça leur voiture, et après un adieu
que Miss Orme fit brusquement et de
mauvaise grace, après une salutation
dans le dernier goût de la part du colonel, ces conviés partirent. Une impression de contentement parut gagner toute
la compagnie; mais misstriss Arlington
était trop bonne, et ses hôtes trop déli-
cats sur les convenances, pour témoigner leur joie de ce départ.

Le lendemain, un des domestiques
vint informer mistriss Derville que sa
voiture était réparée, et lui demanda
pour quelle heure elle aurait besoin des
chevaux de poste, le lendemain matin.
Cette question fit monter visiblement
la rougeur au visage des voyageurs, et
mistriss Arlington exprima vivement
l'espoir que mistriss Derville lui avait
donné de rester le lendemain soir pour
sa partie de musique. Mistriss Derville
hésitait. Ses enfans la regardaient de nou-

veau d'un air pressant. « L'invitation est
réellement si attrayante, nous serons si
long-temps avant d'entendre de nouveau de la musique ! » Telles furent les
expressions qui s'échappèrent involon-
tairement de ses lèvres. Mais peut-être
au fond de son cœur, la véritable tentation était l'occasion de faire et non
d'entendre de la musique, et de se satisfaire elle et ses enfans, en cédant à
leur nouveau penchant pour les applaudissemens.

« Je ne voudrais pas insister sur une
demande qui ne vous serait point agréable, dit leur aimable hôtesse ; mais votre
départ m'affligera, quelqu'en soit l'époque ; je crois avoir à vous offrir pour
demain une partie si agréable, que pour
vous autant que pour moi, je désire
vous retenir ; et comme, à ce que j'ai
compris, vous n'avez point indiqué à
M. Derville d'époque précise pour votre
retour, je me crois à l'abri du reproche,
en vous pressant de rester encore. »

Mistriss Derville rougit, et évita le re-

gard pénétrant de mistriss Arlington.
Car la première savait qu'elle avait indiqué à M. Derville l'époque précise de
son retour auprès de lui. Mais mistriss
Arlington l'ignorait : elle désirait la voir
rester. Mistriss Derville résolut donc
de prévenir son mari par le courrier,
et de contenter ainsi à la fois elle-même,
ses enfans et son aimable hôtesse. Elle
dit en conséquence au domestique
qu'elle n'avait besoin de chevaux que
pour le surlendemain. On reprit les occupations agréables et les plaisirs de la
matinée avec une nouvelle allégresse, et
à la grande satisfaction de Jenny et de
Lionel ; mais la joie de leur mère était
troublée par un remords qu'elle ne pouvait étouffer.

Anna, depuis le jour de leur arrivée,
avait toujours dîné à part, de bonne
heure, et ne venait tous les jours qu'au
dessert. Mais ce jour-là, elle ne voulut
pas s'en aller que les plats ne fussent
posés sur table. Mais la table fut servie
avant que sa bonne jugeât à propos de

l'emmener; et, au lieu de se placer à côté de mistriss Arlington, suivant sa coutume, elle se tint près de la chaise qu'occupait sa mère; elle avait l'air inquiet.

« Qu'avez-vous donc, ma chère enfant? dit mistriss Derville; qu'est-ce qui vous tourmente?

« O maman! Jenny dit que nous ne partons pas demain.

« Eh bien ma chère, pourquoi cela vous afflige-t-il? N'êtes-vous pas très-heureuse ici? répondit mistriss Derville, à qui le rouge montait au visage.

« Oh! oui, mais, mais je voudrais si bien voir mon cher papa!

« Venez près de moi, ma chère enfant, dit avec douceur mistriss Arlington. L'enfant obéit. Vous aimez donc mieux retourner à la maison, voir le cher papa, que de rester avec moi, de vous promener sur l'eau, d'admirer les fleurs et de courir sur la pelouse?

« Je puis admirer les fleurs, et courir

5*

à la maison ; et là j'ai Nelly, et mes lapins, et papa aussi.

« Quoique vous le nommiez le dernier, ce n'est pas lui, j'en suis bien sûre,
que vous aimez le moins, dit mistriss
Arlington en souriant ; mais ma chère,
j'aurai compagnie demain et une belle
musique. Votre maman, votre frère et
votre sœur désirent rester pour l'entendre, et je désire aussi qu'ils restent.

« Mais moi, je serai au lit, et je n'en-
tendrai rien, et papa sera si affligé ; car
il nous attend, vous le savez bien.

« Non, je sais le contraire ; votre maman ne lui a pas écrit de vous attendre.

« Pardonnez-moi, reprit vivement la
petite fille, car j'ai vu la lettre, n'est-ce
pas maman ?

« Oui, je l'ai prévenu, répondit mistriss Derville, très-confuse. Mais je
vais lui écrire ce soir pour lui faire savoir
que nous n'arriverons que le lendemain
du jour marqué.

Aussitôt la physionomie riante de

mistriss Arlington s'altéra visiblement : on la vit presque pâlir, et, après un moment de silence, elle dit. « M. Derville vous attend donc à un jour marqué? Il vous attend le pauvre homme. Si je l'avais su, certainement, je ne vous aurais pas pressé de rester. »

Elle n'en dit pas davantage. Mais, malgré sa politesse habituelle, le changement qui s'était opéré dans ses sentimens était évident pour ses hôtes. Elle caressait tendrement Anna, et ses yeux évitaient les leurs. La glace, le fruit, les gâteaux, un peu de vin doux avaient banni pour l'instant, de l'esprit d'Anna, toute idée chagrinante, et cette enfant était alors la seule personne de la famille, capable de parler.

« Je ne crois pas, dit-elle, à mistriss Arlington que vous ayez un chien aussi beau que le mien; j'admire comme il me connaît. Mais mes lapins ne me connaissent pas. »

« Quoiqu'ils ne vous connaissent pas, ils seront charmés de vous revoir, ré-

pondit mistriss Arlington, si vous leur
portez des feuilles de chou. Mais il y
aura quelqu'un qui vous reconnaîtra certainement ; c'est votre cher papa. »

« Oh ! oui, il me reconnaîtra ; cependant maman dit que j'ai beaucoup
grandi. »

« Mais vous n'avez pas changé, répliqua mistriss Arlington : un voyage à
Londres n'a fait sur vous aucune fâcheuse impression. »

Un soupir de mistriss Derville témoigna qu'elle s'appliquait la remarque ; et
comme son cœur lui disait qu'elle n'é-
tait pas tout-à-fait sans fondement, elle
éprouva une impression qui ressemblait
à du ressentiment contre celle qui l'avait
faite.

Mistriss Arlington se leva bientôt après,
et engagea les dames à passer au salon.
Mais pour la première fois, on eut de
la peine à trouver un sujet de conversation ; pour la première fois aussi, Lionel
éprouvait quelque répugnance à les aller
rejoindre.

Il voyait l'effet que les déclarations ingénues d'Anna avaient produit sur mistriss Arlington, et il était à peu près aussi éloigné de blâmer sa mère bien-aimée, que son hôtesse jusque-là si bonne et si attrayante.

Cependant, il se rendit maître de ses sentimens, et rejoignit la compagnie pour reprendre son agréable tâche, et lire à haute voix un des contes de miss Edgeworth, pendant que les dames travaillaient. Tandis qu'elles écoutaient les vérités morales exprimées dans ces récits, avec tant d'énergie, le regard sévère de mistriss Arlington, s'adoucissait un peu ; mais rien qu'un peu.

Cette dame avait un sentiment exquis de la beauté morale ; c'était l'attachement que montrait mistriss Derville pour son époux et pour ses enfans qui avait intéressé si vivement son hôtesse en sa faveur, qui avait donné plus de prix à ses yeux, à ce que la personne, et la simplicité gracieuse des manières de mistriss Derville avaient d'aimable.

C'était une épouse heureuse, ayant le sentiment de son bonheur, et uniquement attachée à l'auteur de sa félicité, qui avait gagné le cœur de mistriss Arlington. Maintenant elle voyait que les séductions des amusemens, peut-être les suggestions de la vanité, engageaient cette épouse si digne d'envie à tromper l'attente de son époux, qu'elle consentait même avec joie, à prolonger une séparation déjà longue. La délicatesse des sentimens de son altesse en était blessée. Elle en souffrait; mistriss Derville avait beaucoup perdu dans son opinion, et eût-elle voulu cacher combien elle était choquée, mistriss Arlington n'eût pas pu y réussir. D'ailleurs, sans accuser mistriss Derville de mensonge, elle l'accusait au moins d'avoir manqué de franchise. Mistriss Arlington regardait comme certain, puisque mistriss Derville ne l'avait pas démenti, que cette dernière n'avait point fixé à son mari l'époque précise de son retour. Mais, quoique mistriss Derville se fût aperçue de son erreur, elle ne l'avait pas détrompée ; et pourquoi ? parce qu'elle n'en agissait pas bien avec son excellent époux. Après le thé, ils se rendirent comme de coutume, à la salle de musique, et les voyageurs essayèrent de chanter ; mais leur âme était abattue, et l'on s'apercevait qu'ils chantaient à contre cœur. Mistriss Arlington les avait accompagnés en maître sur la harpe et le forté-piano. Ils lui demandèrent de nouveau la faveur de l'entendre, ce qu'elle avait éludé jusqu'alors, par les motifs que nous avons expliqués. Ses hôtes avaient attribué son refus au sentiment qu'elle avait de son infériorité comme cantatrice, quoique son exécution sur un instrument fût parfaite.

Mais, dans le moment actuel, loin de vouloir leur épargner quelque inquiétude, ou une mortification, elle était plutôt disposée à les leur faire éprouver. Mais à la fin, elle voulut les convaincre que cette partie à laquelle ils s'étaient empressés de sacrifier le plaisir de re-

tourner dans leur demeure, et pour
laquelle ils ne craignaient pas d'af-
fliger un cœur qui leur était dévoué,
n'avait pas besoin de leurs talens, et
qu'ils auraient plus à y apprendre, qu'à
y briller. Dans cette intention, elle
s'assit au forté-piano, et chanta en maîtresse consommée l'un des airs de
Mozart les plus beaux et les plus difficiles ; sa voix, à la fois d'une belle in-
tonation, et d'une grande étendue,
leur parut la plus ... qu'ils eussent
jamais entendue. Ils se regardèrent l'un
l'autre avec autant de surprise que de
découragement. Quand elle eut fini,
la parole leur manqua pour la remercier.
Ils lui demandèrent ensuite un air de
Hanel, qu'elle exécuta avec une égale
perfection. Sur leurs instances, elle
chanta encore une cavatine de Paësiel-
lo, en s'accompagnant de la harpe. A
cet air, elle fit succéder une simple
ballade, dont les paroles et l'air étaient
de sa composition. — En voici les paroles:

Air.

« Vous aimer était un devoir bien doux ; mon penchant me l'enseignait.

« Mais maintenant je suis contrainte à cacher, sous un sourire, le malheur dont ce devoir m'a affligée.

« Je vous trouvais tendre, et je vous croyais sincère. »

« Mes heures s'écoulaient doucement. Mais hélas ; j'ai tressé une guirlande d'épines que, dans mon erreur, j'ai prises pour des fleurs. »

« Vas, trompeur, hâtes-toi de fuir ; tu m'as perdue pour jamais depuis que le sort m'a condamnée à bénir le jour qui sépare pour toujours nos fortunes.

« Oui, vas ! ne me montres plus ce sourire, signe trompeur de l'amour, de peur que je ne reprenne ma chaîne, et que ce pauvre cœur ne se brise. »

« Comment avez vous pu, ma chère dame, dit à la fin mistriss Derville, souffrir que nous nous soyons compromis en chantant devant vous, comme nous l'avons fait ? »

Si j'avais cru vous compromettre,

je ne l'aurais pas souffert ; car je n'é-
prouve aucun plaisir à voir que l'on
s'expose à être humilié. Vous avez de
jolies voix, une expression convenable.
Vous chantez avec beaucoup de jus-
tesse, j'ai grand plaisir à vous entendre, et je ne doute pas que si vous
eussiez fait les études, et reçu les leçons que j'ai été à même de recevoir,
votre talent ne fût égal au mien. »

« Mais pourquoi nous avoir privés si
longtemps du plaisir et de l'avantage
que nous aurions trouvés à vous entendre ?

« Oh, j'ai eu mes raisons. Mais maintenant, je vous prie de me chanter
quelque chose. »

« Oh non ! Non pas après vous. Nous
ne chanterons jamais désormais devant
vous.

« Aprésent, vous pouvez savoir pourquoi je n'ai pas chanté plutôt en votre
présence. Je savais qu'un mélange de
vanité et d'humilité me priverait du
plaisir de vous entendre, et c'est pour

cela, que je me suis refusée à vos solli-
citations. — Mais venez : terminons par
le dernier chœur de *la Clemenza di Tito;*
je me chargerai des solos. Je ne veux pas
prier Lionel de chanter avec moi « *ah*
perdonna ! car je l'intimiderais trop.
Mais il me l'entendra chanter demain
avec un monsieur qui est un chanteur
de la première force, et j'attends aussi
quelques excellens chanteurs de pro-
fession. »

Les amateurs troublés manquèrent
plus d'une fois la mesure en exécutant
le chœur. Revenus de leur empressement pour la soirée musicale du lendemain, dès qu'on eût fait la prière, ils
souhaitèrent à leur hôtesse une bonne
nuit, et se retirèrent dans leurs chambres.

Quand ils y furent rentrés, les sentimens divers qui agitaient Mistriss Derville s'exhalèrent par des larmes. Elle
était déchue dans l'opinion de mistriss
Arlington, peut-être dans la sienne
propre. — Elle avait probablement

blessé le cœur de son époux, et pourquoi? pour un amusement qui, selon
toute apparence, devait lui causer, à
elle et à ses enfans, plus de peine que
de plaisir. C'en serait un pour eux, à
la vérité, d'entendre d'excellens chanteurs, et d'excellente musique, de voir
les beaux appartemens de mistriss Arlington, dans tout leur éclat, et remplis d'une nombreuse compagnie. Mais
la crainte d'être invités eux-mêmes à
faire leur partie devait bien diminuer
pour eux l'agrément de toute la soirée ;
et il leur serait, à peu-près aussi pénible
de se refuser aux instances de mistriss
Arlington que d'y céder. Si elle (mistriss
Derville) avait écouté les inspirations
de sa tendresse, si elle eût répondu
aux légitimes instances de son époux,
au lieu de perdre cette semaine dans
une peine d'esprit trop réelle, elle se
serait rendue, en moins d'une demi
journée de voyage, dans sa maison, et,
auprès de cet époux, que, malgré l'in-
conséquence de la conduite qu'elle

avait tenue , elle aimait de la plus tendre affection. Il ne lui fallait pas plus de temps pour se réunir à lui.

Les larmes qu'elle versa, pendant cette nuit, furent abondantes, et amères, mais salutaires ; et les prières de la reconnaissance se mêlèrent à celles du repentir.

Le lendemain matin , elle se leva de très bonne heure , et se rendit auprès de son fils et de sa fille , qui reposaient encore. Après qu'elle leur eut ouvert son cœur , elle descendit à la salle où l'on déjeûnait , et leva un œil ferme et joyeux sur mistriss Arlington dont le regard était altéré ; car il l'était , en dépit d'elle-même.

On commençait à déjeûner , depuis quelques instans , lorsqu'un des domestiques entra , et dit à mistriss Derville que les chevaux seraient dans deux heures à la porte.

Les chevaux ! que veut dire ceci s'écria mistriss Arlington ?

« Que nous partons aujourd'hui,

répondit tranquillement mistriss Derville. Oui, ma chère dame, continua-
t-elle, voyant que mistriss Arlington
allait parler : je suis sûre, malgré votre
surprise, que vous m'approuvez ; car
vous croyez, je le sais, que mon devoir
est de partir.

Je le crois, répliqua franchement
mistriss Arlington, et je suis satisfaite,
quoique par égoïsme, je vous voye
partir avec peine. Mais quand je songe
que vous retournez vers un époux
chéri, et qui vous aime, lorsque je
pense à la sécurité et au bonheur que
vous promettent votre retraite et son
amour, je ne puis que porter envie à
votre heureux partage, et prier Dieu
de bénir votre voyage.

A ces mots, mistriss Arlington saisit
affectueusement la main de mistriss
Derville. Ses yeux et ses manières ne
laissèrent plus apercevoir aucune trace
de froideur, et s'approchant de la fenêtre, elle fondit en larmes.

S'étant bientôt remise, elle dit en

laissant percer un sourire à travers ses larmes : « j'espère que ce n'est pas la dernière fois que nous déjeûnonsensemble ? »

« J'espère que non ; sérieusement j'espère que non , dit mistriss Derville très émue ; et Jenny , qui était assise auprès de mistriss Arlington , répéta les paroles de sa mère , en appuyant affectueusement la tête sur les épaules de sa voisine.

« Peut-être viendrez-vous nous voir quelque jour , dit Lionel , quoiqu'il n'y ait rien chez nous qui puisse vous attirer.

« Vous comptez-vous pour rien vous-mêmes, et comptez vous pour rien , ce bien si rare, le bonheur domestique ?

« Venez , je vous en prie , dit Anna , se jetant à son cou , « et je vous donnerai Nelly, si vous voulez. Mais non , elle ne voudrait peut-être pas ; ainsi , je vous donnerai un de ses petits. »

Grand merci , chère enfant. Ainsi , Nelly , que j'avais toujours cru votre nourrice, se trouve n'être qu'une chienne favorite. Mais, dites-moi, je vous prie, par quel hasard lui avez-vous donné le nom de Nelly ?

« Vous serez bien plus choquée d'apprendre, dit mistriss Derville, que Nelly est l'abbréviation du grand et respectable nom de *Cornelia*, Cornelia, mère des Gracques, nom chéri de mes enfans.

« Hélas, pauvre Cornelia ! je ne me serais guère attendue à retrouver quelque souvenir d'un edame romaine dans la petite chienne Nelly. Cela me rappelle ce que dit Pope de Rome, dans son épître sur les médailles.

« Et tous ses triomphes se trouvent retrécis, dans le petit cercle d'une médaille. »

Mais venez, mistriss Derville, pendant que ces jeunes gensse préparent pour le voyage, accordez-moi un tête à tête : nous nous promenerons ensemble sur la pelouse. Mistriss Arlington, lui prenant le bras, la conduisit à sa promenade favorite, au bord de la rivière,

elles s'engagèrent dans une conversation
très intéressante. D'après quelques intentions particulières, mistriss Arlington désirait savoir quelle était la destination future de Lionel : et, comme
une ouverture sur un sujet conduit à
une ouverture sur un autre de même
nature, mistriss Derville lui dit que
Jenny avait pour amant un jeune ecclé-
siastique, qui avait la perspective d'une
bonne cure; mais elle ajouta que Jenny
avait eu tant d'admirateurs à Londres,
que, comme mère, elle désirait que
sa fille ne se pressât pas trop de conclure
un mariage si modeste pour une jeune
personne distinguée par sa beauté autant que par ses relations de parenté.

« Son amant a-t-il de bons principes :
a-t-il eu une bonne éducation? Est-il
aimable, et d'un bon caractère? demanda vivement mistriss Arlington.

« Oh! oui, de très bonne mine aussi,
et très habile.

« Et êtes-vous assurée qu'il a pour
votre fille un attachement réel?

Oh oui! il l'a aimée dès l'enfance : « ma chère mistriss Derville, dit mistriss Arlington avec une gravité presque solemnelle. Je vous en conjure, permettez moi cet avis : ne vous aveuglez pas sur ce qui peut faire réellement le bien-être, la félicité de votre fille ; renoncez à l'intention de retarder son union avec son amant, dans la vue de former pour elle une union plus relevée : attendez seulement qu'il ait atteint l'âge de prendre la cure qui lui est destinée ? N'êtes-vous pas heureuse dans votre situation ? vous êtes-vous jamais repentie, d'avoir, dans l'éclat de votre jeunesse, de votre beauté, de votre fortune, préféré M. Derville à son opulent rival ?

« Jamais ; car mon lot a été plus heureux que celui des femmes ne l'est en général. »

« Et pourquoi celui de votre fille ne serait il pas également fortuné ? Pourquoi, quand il s'agit de votre enfant, céderiez-vous aux faiblesses d'une ambition que vous avez dédaignée pour

vous-même avec tant de raison ? Oh ! ce
sujet me tient fortement à cœur. Mais
je m'aperçois que vous êtes trop chau-
dement vêtue, et que la chaleur du jour
vous accable. Entrons dans un bateau ;
nous pourrons nous transporter nous-
mêmes sur l'autre rive, où nous trou-
verons de l'ombrage ; car malheureuse-
ment, et contre l'ordinaire, je ne vois
aucuns domestiques, ni jardiniers à
notre disposition. »

« Si vous le voulez bien, je prendrai
les rames dit mistriss Derville, sautant
dans le bateau ; car vous me permettrez
de vous le dire, je suis plus habituée à
m'en servir que vous. Mistriss Arlington
se préparait à la suivre; mais avant que
mistriss Derville eût pu lui donner la
main pour l'aider à entrer dans le bateau, le pied glissa à mistriss Arlington, et elle tomba à la renverse dans la
rivière, à l'endroit le plus profond.
Au premier moment, la terreur priva
presque mistriss Derville de ses facultés;
mais quand elle vit mistriss Arlington

revenir sur l'eau, elle la conjura de ne
pas faire d'efforts pour rentrer dans le
bateau, et de se borner à se cramponner
à la poupe. Se rappelant alors qu'en
observant une plante aqualique, elle
avait remarqué que l'eau dans cet endroit était basse, elle s'y dirigea le plus
promptement que ses forces le lui per-
mirent, recommandant toujours à mistriss Arlington que la crainte avait
presque privée de ses sens, de se tenir
ferme. Ce fut un moment d'inquiétude
terrible pour mistriss Derville, jusqu'à
ce qu'à la vue des fleurs qu'elle se rappelait très-bien, elle reconnût qu'elle
approchait de l'endroit où l'eau était
basse. Mais avant qu'elle pût y parvenir,
mistriss Arlington lâcha prise, et dis-
parut de nouveau. Toutefois mistriss
Derville avait atteint alors un endroit
où il était moins difficile d'échapper au
danger. Elle sauta du bateau sur le rivage, et étant entrée dans la rivière,
elle saisit mistriss Arlington qui avait
perdu connaissance, par sa longue che-

velure qui flottait alors sur l'eau, et
non, sans péril pour elle-même, elle
la tira vers le penchant du rivage, et la
fit sortir à moitié de l'eau. Mais en retirer entièrement son amie était une tâche
trop forte pour elle, et mistriss Derville
n'osait la quitter un instant, de peur
qu'elle ne retombât dans l'eau : mistriss
Derville ne put donc que crier de toutes
ses forces pour appeler du secours. Heureusement, Lionel qui les cherchait, parut au bout de quelques instans, et se hâta
d'accourir à elles, tandis que des domestiques accouraient aussi de tous côtés.
Ils furent d'abord tellement épouvantés
et désolés à la vue de leur maîtresse, couchée comme morte sur l'herbe, où Lionel
l'avait déposée, qu'ils en étaient incapa-
bles d'agir. Cependant, sur l'assurance
donnée par madame Derville que son
amie n'avait pas eu le temps d'avaler
assez d'eau pour que l'on dût en craindre
les funestes effets, et que l'épuisement
et la frayeur étaient sans doute les seules
causes de son évanouissement, ils se

mirent en devoir d'aider à la transporter
au logis, ou, en peu de minutes, les
remèdes d'usage la rappelèrent à la vie:
ses yeux cherchèrent d'abord mistriss
Derville. Elle se jeta dans les bras de
sa libératrice avec un regard plus élo-
quent que des paroles, et donna quelques momens sur son sein, cours à ses
sanglots dans l'effusion d'une tendre reconnaissance.

« C'est la présence d'esprit de cette
dame, ce sont ses efforts qui m'ont
sauvé la vie, dit-elle à ceux qui l'entouraient. Car sans elle, je n'aurais jamais
rouvert les yeux. »

A ces mots, les regards de Lionel et
de Jenny exprimèrent toute leur joie,
et mistriss Derville qui voulait parler,
fut interrompue par de vives acclama-
tions. « Que Dieu vous conserve, madame! » entendait-elle de tous côtés.
Tel était le vœu que murmurait, ou
prononçait hautement la reconnaissance de ces bons serviteurs. Tout le
monde se réunit à elle pour presser

mistriss Arlington d'envoyer chercher
un homme de l'art, et de se reposer en
attendant dans un lit chaud; précautions
que mistriss Derville consentit à prendre
aussi pour elle-même. Car elle était aussi
trempée d'eau, et commençait à éprouver dans tous ses membres, un trem-
blement, effet naturel d'une émotion
forte, et le frisson douloureux qui en
est la suite.

Elle se résigna avec docilité à se laisser
déshabiller et mettre au lit. Elle prit
aussi du vin et quelques cordiaux; mais
elle ne put se résoudre à dormir, et ne
put même reposer tranquillement ;
après avoir, du fond du cœur, rendu
grâces au ciel, de l'avoir choisie pour
sauver de la mort une créature humaine,
et surtout une amie aussi digne de sa
tendresse, elle demanda instamment à
voir Lionel et Jenny. Déterminée à poursuivre sa route à l'heure marquée, autant que les circonstances le permet-
traient, à moins que mistriss Arlington
ne se trouvât sérieusement malade de

son accident, après un repos d'une heure, elle se leva, reconfortée par les nouvelles qu'on lui donnait de mistriss Arlington. Le chirurgien qui la quittait, avait déclaré qu'elle n'éprouverait aucun mal de son accident, et qu'il suffisait des cordiaux qu'on avait pu lui administrer.

Ce fut en effet un bonheur que son amie et elle se trouvassent si bien ; car on leur apporta des lettres , et si l'état de leur santé eût été moins bon, le contenu de ces lettres eût produit sur elles une impression bien plus fâcheuse.

L'une était de M. Derville, l'autre d'un de ses amis. Mistriss Derville, lut d'abord celle de son mari. Elle était courte, mais remplie de tendresse ; il y exprimait son aveu pour la prolongation de son séjour, si elle se trouvait heureuse où elle était, et elle regrettait presque de n'avoir pas contremandé les chevaux. Mais à la lecture de l'autre lettre elle parut si troublée, elle pleura si abondamment que ses enfans en furent alar-

més, et quelqu'un étant venu l'avertir
que mistriss Arlington désirait la voir,
elle se rendit près de son lit, lui donna
la lettre, et sortit de la chambre.

Derville, guidé par une tendresse généreuse et délicate, n'avait point parlé à
sa femme de la fièvre qui avait désolé le
village, même après qu'elle eût entièrement cessé. Il avait craint, si cette nouvelle ne pouvait accélérer son retour,
qu'elle ne troublât ses plaisirs par de
tendres alarmes à son sujet, quoique ces
alarmes fussent sans fondement. Ainsi,
quoiqu'il éprouvât réellement le besoin
d'un peu de soulagement, après les fatigues qu'il avait supportées, il se résolut
à ne rien dire qui pût abréger le terme
des amusemens que sa femme bien-
aimée et ses enfans s'étaient promis.
Mais son ami et voisin, M. Travers, qui
désapprouvait cette réserve, ne fut pas
si circonspect. Il ne se bornait pas à témoigner à mistriss Derville le désir de
la voir hâter son retour: Donnant
carrière à son admiration pour son res-

6*

pectable ami, il faisait connaître à sa
femme les motifs qui l'avaient porté
à presser le départ de toute sa famille
pour la capitale, à les engager d'y prolonger leur séjour, et il s'étendait amplement sur la conduite exemplaire d'un
époux, qui pendant qu'elle se livrait aux
plaisirs de la ville s'occupait de remplir
dans toute leur étendue les devoirs d'un
vrai ministre de l'église envers ses paróis-
siens malades et souffrans.

Mistriss Arlington lut cette lettre d'une
voix entrecoupée à Jenny qui pleurait,
tandis que Lionel ému d'un trouble
que l'orgueil viril lui faisait désirer de
cacher, écoutait le même récit de la
bouche de sa mère, non moins agitée que
lui. Comme mistriss Arlington finissait
la lecture de cette lettre, mistriss Derville rentra dans la chambre, et voyant
son hôtesse vivement affectée, elle s'é-
cria, en sanglottant:

« Songez-y donc, madame. J'ai failli
le perdre. S'il eût été atteint de la contagion... il pouvait. — Une abondance de

larmes lui coupa la parole : « mais elle ne l'a point frappé, et la providence l'a épargné pour l'intérêt général. Homme d'un désintéressement admirable! »

« Je voudrais, dit mistriss Arlington, s'efforçant de sourire, faire à pied, le pélerinage de Lovelands, uniquement pour le voir ».

« Et moi.... Je n'ai pas trouvé mon plaisir le plus doux, à retourner vers lui; mais je remercie le ciel d'avoir permis que j'eusse fixé l'instant de mon départ, avant la réception de cette lettre.

Mistriss Arlington lui serrant tendrement la main, lui dit. « Je vous félicite de votre résolution. »

« Sans doute, reprit mistriss Derville, vous ne pensez pas qu'il ait bien fait de me laisser dans une ignorance absolue de ce qui allait arriver. Il aurait dû me donner le choix de partir, ou de rester. »

« Non. Il a pris le meilleur parti possible, et vous êtes, je vous le répète, la femme la plus digne d'envie; n'ajou-

tez pas un mot de plus contre mon héros.
Il est pour moi un second évêque de Mar-
seille, aussi vertueux que lui.—Mais êtes-
vous prête à partir. Car, quoique je vous
perde avec beaucoup de regret, je suis
maintenant pressée de vous voir poursuivre votre route.

Ils quittèrent à l'instant la chambre,
pour se tenir prêts lors de l'arrivée de la
voiture. Mistriss Arlington se leva pour
écrire à M. Derville qu'elle invitait, si
on lui prescrivait de changer d'air, à
venir à Lawn-house, et à lui procurer
le plaisir de connaître un homme, qui
faisait plus que réaliser à ses yeux l'idéal
de tout ce que devait être un époux, un
père, un ministre chrétien. Elle lui faisait ensuite, avec l'éloquence simple et
laconique du sentiment, le récit des
obligations qu'elle avait à son épouse,
qu'elle appelait à juste titre, son ange
sauveur et à qui elle était en conséquence, attachée par les liens d'une reconnaissance éternelle.

La voiture arriva enfin, quoique trop

tard encore pour l'impatience de mistriss Derville. Mais quelle révolution
les événemens d'un petit nombre d'heures n'avaient-ils pas opérée en elle, que
de nouveaux sentimens ne lui avaient-
ils pas inspirés ! Auparavant, toutes les
obligations étaient de son côté ; maintenant c'était mistriss Arlington qui était
la personne obligée, et elle avait à mistriss Derville une obligation en comparaison de laquelle presque toutes les
autres ne sont rien.

« Je ne suis pas femme à me répandre
en paroles, dit mistriss Arlington d'une
voix entrecoupée ; mais je vous prouverai
ma reconnaissance par des actions : je
ferai pour vous ce que pour aucun motif,
je ne ferais pour personne ; en tems
opportun, je m'expliquerai. »

Le cœur de mistriss Derville était trop
plein pour lui permettre de parler. Le
silence et les larmes marquèrent le départ
de ces nouveaux amis. Mais Jenny revint sur ses pas, renouvelant pour la dixiè-
me fois les instances de toute la famille

pour que mistriss Arlington leur donnât tous les jours des nouvelles de sa santé.

Oh! combien est-il plus aisé de bien agir dans des circonstances difficiles, et qui réveillent fortement toutes nos facultés, que d'accomplir régulièrement les devoirs paisibles de tous les jours de la vie, ces devoirs qui n'ont pas même de nom!

Aucune considération n'aurait pu empêcher mistriss Derville d'accompagner son mari dans ses périlleuses visites aux malades et aux mourans : si elle eût eu avis du danger qu'il courait, la dissipation et les plaisirs de Londres ne l'eussent point retenue : elle eût volé vers lui à la première alarme. Mais une vertu plus facile et plus humble, le sacrifice d'une soirée de plaisirs projettés, d'un triomphe de la vanité, pour se rapprocher de lui un jour plutôt, pour lui prouver ainsi une affection constante, un de ces petits sacrifices habituels qui prouvent même mieux notre tendresse que de plus grands, parce qu'ils ne procurent ni gloire ni éloges,

s'était trouvé au-dessus de ses forces :
elle n'aurait pu elle-même se soustraire
aux illusions de Londres, si elle n'eût pas
eu à craindre pour le repos d'un de ses
enfans, et pour les mœurs de l'autre.

Mais, dans ce dernier cas, le danger
était trop frappant, pour qu'elle ne l'é-
vitât pas, sans hésiter, et le devoir trop
évident pour qu'elle ne le remplît pas sur
le champ ! dans le premier cas, au contraire, le devoir était plus éloigné, le
danger attaché à l'oubli momentané de
ce devoir, moins sensible, et moins
prompt à se manifester. Si de la suie vient
à tomber d'une cheminée dans une rue
très étroite, chaque passant s'écarte
promptement pour éviter d'être atteint
par une ordure dont la malpropreté évi-
dente le menace : mais nous ne nous
appercevons point de l'effet plus lent,
plus imperceptible, mais non moins
nuisible à la propreté de nos habille-
mens, que produit la poussière, ou l'u-
sage trop long et trop fréquent que
nous faisons de ces mêmes vêtemens.

Les voyageurs, sans s'arrêter sur la
route, la parcoururent rapidement jusqu'à la nuit close. Ils furent alors forcés
par l'impossibilité de trouver des chevaux, de s'arrêter à un relais, plutôt
qu'ils ne l'auraient voulu. Mais à leur
arrivée, ils virent heureusement un des
paroissiens de Derville qui s'en retournait à cheval au village. La dernière lettre
de mistriss Derville avait prévenu son
mari qu'elle n'arriverait pas encore le
jour suivant. Elle était donc charmée de
pouvoir l'avertir par un billet que sous
peu d'heures sa famille serait près de
lui.

Le lendemain matin, elle était encore
retenue par le manque de chevaux, et
on avait déjà atteint la soirée, avant
que les collines qui dominent la vallée
de Lovelands, le petit lac qui brille au
milieu de la pelouse veloutée sur laquelle
s'élevaient la vigne et le chèvrefeuille,
avec le presbytère qu'ils dérobaient à la
vue, se montrassent tout-à-coup à leurs
yeux. Les rayons dorés du soleil cou-

chant dardaient sur cette belle scène
champêtre, et Lionel s'écria : « Ah, ceci
est bien plus beau, même que Lawn-
house. »

« C'est notre maison, ce doit l'être,
dit Jenny, dont l'œil cherchait à apercevoir quelqu'un qu'elle ne voyait pas,
mais qu'elle supposait être là pour tâcher
de découvrir la voiture, ou d'en entendre le bruit. Mistriss Derville gardait
le silence. Son cœur était trop plein pour
qu'elle pût parler, surtout, quand elle
découvrit son mari qui épiait son arrivée
du haut d'une colline qui dominait le
tournant de la route. Ses enfans chéris
agitaient avec empressement leurs mou-
choirs vers lui, pour se faire reconnaître. Mais son épouse, plus profondément affectée, après l'avoir regardé
un instant par la vitre de devant, se re-
jeta dans un coin de la voiture, et se
couvrit le visage de son mouchoir. En
peu de momens, Derville descendit la
colline, et fut à la porte pour l'ouvrir,
afin de faire entrer les voyageurs. A

peine, lorsqu'ils passèrent devant lui, put-il apercevoir leurs regards qui le saluaient. Mais que ces regards étaient éloquens !

Quand la voiture s'arrêta, mistriss Derville était tout à fait bouleversée par la multitude de ses sentimens, et de ses souvenirs. Elle ne savait pas comment elle était entrée dans la maison : elle reprit bientôt ses sens, quand elle se sentit appuyée sur le sein de son époux, et qu'elle rencontra ses yeux pleins d'un amour à l'épreuve du temps, et fixés sur elle avec une tendresse qui lui rappelait leurs plus beaux jours. Qu'était-ce que Londres avec tous ses plaisirs au prix de ce moment de leur réunion ? Elle se voyait maintenant entourée de tout ce qu'elle aimait le plus dans le monde : elle entendait son époux qui s'écriait avec ferveur : « Vous m'êtes tous rendus sains et saufs. Père des miséricordes, recevez mes actions de grâces. » Les lèvres tremblantes, elle répéta cette prière, l'élan du cœur, et sentit avec

mistriss Arlington, qu'elle était en effet
digne d'envie.

« Mais, comme vous êtes maigre,
Frédéric ! dit mistriss Derville, avec inquiétude. Comme vous êtes pâle ! »

« N'en soyez pas surprise ! j'ai eu à
remplir des devoirs si pénibles.

« Ne parlez pas de cela. — Je ne puis
supporter l'idée du danger que vous
avez couru. »

« Vous devez supporter cette idée,
en songeant avec reconnaissance que j'y
ai échappé. Oh ! c'étaient vraiment des
scènes affligeantes, et ce qui m'affligeait
le plus, encore, c'était le moment de
mon retour à la maison où au lieu de
l'accueil d'une épouse inquiète et affectionnée, d'enfans chéris et attentifs,
je ne rencontrais qu'une demeure
solitaire que n'égayait à mes yeux aucune
consolation domestique ! mais j'ai tout
supporté : j'étais encouragé par l'idée
que je remplissais mon devoir, et par
l'heureuse certitude que ma femme et
mes enfans étaient hors d'atteinte de

la fatale contagion qui m'entourait. Mais vous êtes à moi de nouveau ; et toutes mes peines sont bien récompensées.

Dans cette soirée, mistriss Derville était trop remplie de sa félicité pour penser à des rapprochemens fâcheux entre l'humble presbytère, et des demeures plus magnifiques. Cependant, en jetant çà et là un œil scrutateur, autour d'elle, la pensée lui venait, quoiqu'elle ne l'exprimât pas « qu'elle n'aurait pas cru ces chambres si petites; » quant à la pauvre Anna, elle avait un grand sujet de chagrin, qu'elle exprimait à haute voix, car, Nelly, après que la première joie de la revoir, fut calmée, l'avait quittée pour retourner à ses petits nés de la veille, et Anna ne s'appaisa que sur l'assurance de son père, qu'il eût été fort mal à Cornelia d'abandonner long-temps ses petits Gracques, pour quelque cause que ce fût.

Les voyageurs goûtaient pour la première fois le plaisir de prendre le thé avec M. Derville depuis leur retour. Il

demanda qui était mistriss Arlington ?
en réponse à cette question, sa femme
lui mit en main la lettre de cette dame,
en lui disant : « Mistriss Arlington est
un ange? » M. Derville lut, non sans une
vive émotion, l'éloge qu'elle faisait
de sa femme, et le récit du service
qu'elle en avait reçu.

Quoi, cela est réel, dit-il, et vous lui
avez sauvé la vie! Anna me contait tout
à l'heure que mistriss Arlington était
tombée dans l'eau, et qu'elle croyait
vraiment que, sans vous, elle aurait été
noyée. Mais j'ai cru que cette chère
enfant parlait d'après les récits exagérés
des domestiques, puisqu'elle n'avait
pas été témoin de l'événement.

« Oh non, non mon père, s'écrièrent
vivement Lionel et Jenny, empressés
de rendre à leur mère l'hommage qui
lui était dû. « C'est la présence d'esprit
de ma mère qui lui a sauvé la vie; et
quand elle a été rendue à elle-même,
les premiers mots de mistriss Arlington
ses domestiques ont été : « souvenez-

vous que c'est cette dame qui m'a sauvé
la vie. »

Derville applaudit à l'empressement
et à l'amour filial de ses enfans, par un
regard approbateur où brillait la joie. Il
paya ensuite à sa femme un juste tribut
d'éloges et de reconnaissance; la féli-
citant avec gravité sur l'heureux résultat
de l'empire qu'elle avait conservé sur
elle-même. Si le simple effet de la présence d'esprit de sa femme, méritait de
si tendres éloges, et tout ce que marquait mistriss Arlington de son éternelle
reconnaissance, combien plus de droits
n'avait-il pas lui-même à des louanges sans
bornes, à une reconnaissance éternelle,
lui qui pouvait faire valoir pour titres
tant d'individus humbles et pauvres que
ses soins et ses bontés avaient si évi-
demment arrachés au tombeau; et
qu'il avait sauvés en s'exposant lui-
même sans cesse au danger; mais il
l'oubliait entièrement. Derville toujours
prêt à célébrer le mérite dans les autres, ne pensait jamais au sien propre;

et pourquoi? parceque le désir de mé-
riter les applaudissemens ne déter-
minait jamais ses actions. Il agissait
d'après un principe plus élevé, et par
une ambition plus noble. Tandis qu'il
admirait la louable présence d'esprit
de son épouse, ses efforts courageux
pour sauver mistriss Arlington, il ne
songeait pas que si sa femme s'était
montrée avec plus d'éclat, et d'une manière en quelque sorte plus théâtrale,
sa vie, à lui, pendant une longue suite
de jours, avait été marquée par des
efforts plus difficiles, plus pénibles et
plus vertueux, et suivie de résultats dignes de toutes les louanges qu'il se
plaisait à donner à mistriss Derville.

Dans quel bonheur, avec quelle rapi-
dité s'écoula cette soirée! Combien il
fut impossible à cette dame de regretter
Londres, et même Lawn-house avec
tous ses agrémens! mais le lendemain,
quand elle descendit pour dîner, elle
ne put s'empêcher de dire : « Je ne puis
souffrir cette poterie toute unie. Il faut

avoir un service de porcelaine blanche. »
Et quand elle appela la servante pour
relever les plats, elle dit qu'il lui semblait étrange d'être servie à table par
une femme, après l'avoir été si long-
temps par des laquais.

« Il est vrai, dit Derville; vous aviez un
laquais à Londres, et au besoin, les
chevaux à la voiture. C'était réellement
vivre dans une sorte de luxe, et comme
vous auriez toujours vécu, si Anna
Pointz n'avait pas été une jolie idiote
qui a préféré les satisfactions de l'amour
à celles de l'ambition. »

Cette allusion au temps passé était
à sa place. Il prévint de nouveaux vœux
pour un luxe au-dessus des moyens
qu'on avait. Regardant son époux avec
des yeux qui exprimaient ses sentimens,
« Anna Derville, répliqua-t-elle, ne
s'est jamais repentie, et ne peut jamais
se repentir du choix d'Anna Pointz.
Non, M. Derville, quelque faible que
j'aie pu être d'ailleurs, je n'ai jamais
rêvé une grandeur que vous n'eussiez

pas partagée. » En parlant ainsi, des larmes remplissaient ses yeux, et l'émotion altérait sa voix. Derville en fut surpris, et il aurait pu citer le proverbe français : *qui s'excuse s'accuse.*

« Mon très-cher amour, dit-il, je n'ai jamais eu l'idée que vous ayez désiré un bonheur auquel j'eusse été étranger, et jamais je ne vous ai soupçonné ni accusé d'aucune faiblesse.

« Oh non, je suis sûre que vous n'avez jamais eu cette idée, dit sa femme qui se faisait des reproches à elle-même. — Cependant j'ai été faible, très faible ; mais je vous dirai tout.

Derville fut confondu, et il regarda ses enfans, comme pour rappeler à sa femme leur présence ; cependant il était certain que cette faiblesse dont elle parlait ne pouvait pas être du nombre de celles qu'on ne peut avouer devant de semblables témoins. « Bien, ma chère amie, bien, dit-il, après un moment de silence : « si vous trouvez quelque soulagement dans les aveux que vous voulez me faire, je suis certainement prêt à vous écouter. Autrement, je serais tout à fait tranquille, sans en entendre davantage ; car ma confiance en vous est entière, et sans bornes.

Il est impossible d'expliquer les inconséquences du cœur humain. Au lieu d'être flattée, comme de l'un des sentimens les plus chers à son cœur, par la confiance que lui témoignait son mari, mistriss Derville fut plutôt mortifiée de ce qu'il n'éprouvait pas tant soit peu de jalousie. Et elle désira, comme elle l'avait desiré souvent, auparavant, qu'il eût été témoin de l'admiration dont elle était l'objet à Londres.

Son premier mouvement fut de s'écrier : « Ah ! *à propos*, vous souvient-il que je vous ai marqué en passant, que j'avais vu lord L... à Londres ?

« *A propos* de quoi ? répliqua Derville, dont le sourcil se fronçait, et dont un rouge vif colorait les joues. « Ce n'est pas, je pense, à propos de votre faiblesse ; ajouta-t-il en souriant.

Mistriss Derville rougit alors elle-
même , avec un sentiment qui approchait de l'indignation, blessée de ce que
son mari avait pu un moment éprouver
un soupçon jaloux ; mais cette impression fut l'affaire d'un moment. Et
le cœur de Derville lui en faisait un reproche , lorsqu'il dit avec l'aisance la
plus parfaite. Comment se porte lord
L.... ? la pairie lui va-t-elle, et a-t-il bien
l'air qui convient à un pair? s'est-il informé de moi? jusqu'à ce que nous
fussions devenus rivaux , vous savez
qu'il m'aimait beaucoup.

«Vous me faites tant de questions à
la fois, dit mistriss Derville, presqu'avec
humeur : «je ne sais à laquelle répondre
la première. Lord L.... est vieilli , mais
ses manières sont toujours les mêmes.
Son rang ne l'a point enorgueilli. La
première fois que nous nous sommes
rencontrés , il a demandé de vos nouvelles. Mais quoique je l'ai vue souvent,
j'ai peu causé avec lui.

« Non , c'est singulier ; j'aurais cru
qu'il était fort agréable pour vous de
retrouver un ancien ami au milieu d'une
foule d'étrangers.

« Oui , sans doute , s'il n'eût été qu'un
ancien ami : mais...

Une exclamation de Jenny l'interrompit. « Lord L... oh c'était donc ce
monsieur , maman , qui vous regardait
si fixement , et qui vous déconcertait
tout à fait par son admiration ; et alors
il avait coutume de soupirer si profondément. »

« Oui, et quand vous chantiez , dit
Lionel , il tenait constamment la tête
du même côté , et son affectation allait
jusqu'au ridicule. »

Dans un autre temps , Derville aurait
réprimandé son fils de mal parler de
quelqu'un ; mais il n'était pas fâché d'entendre dire que Lord L.... était ridicule
et affecté.

« Est-il vrai, Anna? dit-il, en souriant.
Lord L.... a-t-il manifesté de tels symptômes d'un amour constant ?

« Oui ! — « oh ! c'était très-mal fait à lui :
cependant, le pauvre homme, je de-
vrais le plaindre, et je le plains sincèrement ?

« Mais vous ne voudriez pas, je pense,
que j'eusse eu de fréquentes conversa-
tions avec lui.

« Non, certainement non, et je vous
applaudis de n'en avoir rien fait, comme
je suis convaincu que vous n'en avez
rien fait, sans que vous ayez besoin de
me le dire.

« Au contraire, j'évitais de causer avec
lui ; car j'étais choquée de sa hardiesse
à oser faire paraître des sentimens qu'il
était malhonnête à lui d'entretenir, et
dont il était peu séant pour moi d'avoir
à remarquer l'expression.

« Pauvre lord L....., s'écria Derville ;
ainsi sa couronne ducale n'a pas pu
seulement lui valoir un sourire, en récompense de sa constance ; je suis sûr
que je n'envie point sa pairie, Anna.

« C'est une belle chose d'être pair,
dit-elle, Derville, et je me suis souvent

surprise, à désirer que vous le fussiez.
... « Moi pair ! — Oui ; n'y a-t-il pas des
pairs évêques ?

« Et désirez-vous réellement me voir
évêque, Anna ? Pouvez-vous désirer de
quitter cette retraite paisible, qui nous
a vus si heureux ?

« Je le désire quelquefois, quoique je
n'aie jamais désiré d'être lady L...

« Bien, bien dit Derville, il faut, je le
vois, que je vous pardonne ce que vous
avez désiré, en faveur de ce que vous
n'avez pas désiré.

« Pourquoi ? papa, s'écria Jenny, quel
mérite y a-t-il à maman, de ne pas avoir
désiré d'épouser lord N...? Vous avez
l'air dix fois plus jeune ; et vous êtes
dix fois plus beau que lui ; et si je vous
apprenais à nouer votre cravatte comme
lord N..., continua-t-elle, en se jetant
tendrement à son cou.

« Et si, dit Lionel, lissant sa chevelure
d'un beau noir, si je vous apprenais à
brosser et à arranger vos cheveux par-
devant *à la mode de* sir Mordaunt-Wil-

liams, ou comme je fais ; pourquoi
alors ?...

« Pourquoi, alors, s'écria Derville en
riant, voudriez-vous faire de moi un
vieux fat ?

« Vieux! vieux, papa ! je suis sûr de
n'avoir vu pendant mon absence, aucun
homme à vous comparer, pas même
en beauté ; pour la tournure à la mode,
c'est autre chose, vous le savez bien.

« Mais venez, Anna, ne désirez-vous
pas quelque changement dans votre
époux à la vieille mode, dit Derville à
sa femme qui s'approchait du groupe
affectueux.

« Aucun, dit-elle, en se jetant dans
ses bras qu'il lui tendait. « Vous n'avez
pas de défauts, ou je suis incapable de
les remarquer » ; et alors mistriss Derville se retira pour se reposer, sentant et s'avouant à elle-même qu'elle
était la plus heureuse femme du monde.
Elle avait reçu dans la soirée encore
quelques lignes de mistriss Arlington
qui l'assurait de la continuation de sa

santé , et de son amitié reconnaissante.

Le lendemain , mistriss Derville se leva, résolue de reprendre sur le champ ses occupations de ménage. Mais elle bouleversa la maison , fit grand bruit, parut très affairée , et ne fit rien.

« Quels meubles, quelle vaisselle avez-vous donc apportée , demanda Derville, à dîner ? Vous ne m'avez presque rien dit du legs de lady Anna.

« Il n'y a pas grand'chose à en dire. J'ai été bien trompée sur la valeur de ce legs. M. Farrell et moi, nous avons préféré vendre la plus grande partie des meubles, quelque porcelaine de la Chine, de la vaisselle , et acheter du neuf. J'aurais cependant voulu avoir deux ou trois objets que j'ai laissés à lady Lucy.

« Et pourquoi ne les avez-vous pas pris ? « Parce qu'elle désirait les avoir, et elle était si polie que j'éprouvais réellement du plaisir à l'obliger, quoique M. Farrell m'engageât à n'en rien faire. »

« L'intérêt rend tout le monde poli,

Cependant, j'aime mieux qu'on ait eu à
vanter votre générosité, qu'à se plaindre
de votre égoïsme ; mais je voudrais que
vous eussiez la bonté de m'en dire davantage sur mistriss Arlington. Ses
lettres m'annoncent une femme bien
élevée, qui a le cœur très bon, et son
invitation est tentante. Mais c'est tout
ce que je sais d'elle ; et vous en savez
sûrement un peu plus. »

« Non, pas davantage, sinon qu'elle
est une des femmes les plus belles, les
plus gracieuses, les plus accomplies, et
les plus dignes d'envie que l'on puisse
trouver. »

« Digne d'envie ! a-t-elle un mari et
des enfans, Anna ? »

« Certainement, elle n'a pas d'enfans ;
peut-être n'a-t-elle pas non plus de
mari. Et, sans doute, je connais des
femmes plus dignes d'envie sous ces
rapports. Mais sa maison, ses terres,
l'élégance, le luxe qui brillent chez elle ;
vraiment, Derville, j'aimerais à vivre
comme mistriss Arlington, avec vous,

7*

s'entend, et avec mes enfans ; autrement, non.

« Mais enfin, ne savez-vous pas qui elle
est ? »

M. Travers qui entra, mit fin à la
conversation, mais dès qu'il fut assis,
on la reprit.

« Eh bien ! Travers, dit M. Derville,
je ne puis parvenir à savoir qui est la
nouvelle amie de ma femme.

« Je crois avoir quelques premières
notions sur elle, répondit M. Travers.
Mais mes idées, et mes souvenirs à ce
sujet, sont très incomplets et très con-
fus. Je crois qu'étant fille, elle s'appelait miss Louisa Fortescue. Mais Arlington n'est pas son vrai nom.

« Ce n'est pas son vrai nom, s'é-
crièrent à la fois tous ses auditeurs
presque consternés.

« Non. Car, quel qu'en soit le motif,
je la crois séparée de son mari, dont
le nom, à ce qu'il me semble, est
Seymour.

« Seymour, s'écria Jenny. Alors nous

-avons vu son portrait ; il était caché derrière un rideau que j'ai tiré. Ce portrait était celui d'un très bel homme , et je demandai à mistriss Arlington qui c'était ? Je me souviens maintenant qu'elle poussa un profond soupir , et qu'elle dit en s'éloignant ; ce gentil-homme s'appelle Seymour.

« Cela est vraiment étrange. Il y a là un mystère , dit Derville tout pensif.

« Toujours est-il, dit Travers, que ces apparences ne sont pas favorables. Une femme séparée de son mari qui vit avec une pareille magnificence ! une dame qui porte un autre nom que le sien , et dont le nom qu'elle porte n'est pas le nom de fille ! Certainement , avant d'entre-tenir un commerce intime avec elle , vous devez prendre de plus amples in-formations, par rapport à Jenny , et aussi pour vous-même, ma chère dame : car vous êtes encore trop jeune et trop aimable pour qu'il n'y eût pas d'incon-vénient à ce que l'on vous sût liée avec une dame d'un caractère équivoque.

« Mon cher monsieur, répliqua vivement mistriss Derville, « il est vrai que je n'ai eu jusqu'à présent aucun moyen de savoir comment parlent, se montrent et agissent les femmes équivoques; mais ce dont je suis convaincue, c'est qu'il est impossible qu'une femme dont les actions et les pensées ne seraient pas pures et irréprochables, se montre, parle et agisse comme mistriss Arlington.

« Vous êtes pure, vous-même, ma chère dame, et ainsi, vous ne pouvez soupçonner la pureté d'une autre. Ceux dont la conscience est bonne ne sont pas disposés à suspecter la vertu d'autrui. »

« Comment donc se fait-il, monsieur, que vous soupçonniez mistriss Arlington?

« Bien répondu, s'écria Derville.

« Mais vous avouerez, dit M. Travers que sa position est singulière.

Cela est vrai ; mais toutes les situations singulières ne supposent pas le crime.

(Par exemple, que n'aurait pas pu penser
de moi, quiconque sachant à quels dangers mon époux était exposé par la
contagion qui affligeait Lovelands m'aurait entendue chanter, m'aurait vue à
toutes les parties de plaisir, et livrée à
la joie, comme si tout eût été à merveille et en sûreté dans notre maison.
Cette situation alors m'exposait à des
soupçons; et cependant, combien
j'étais innocente de l'inconvenance ap-
parente de ma conduite!

« Bien, répliqua Derville avec le
sourire de la bienveillance. J'aime à vous
entendre défendre votre nouvelle connaissance, et je répondrai à sa lettre;
mais nous ferons pour le mieux en prenant sur elle quelques nouvelles informations, et Farrell nous servira à cet
égard. Venez donc, et avant la nuit,
faisons une promenade, et une visite à
quelques-uns de mes paroissiens. Cependant je ne vous permettrai pas de
visiter toutes les chaumières; car il

pourrait encore y avoir quelques traces de l'épidémie.

«Non, non, dit M. Travers; il faut que vous restiez à la maison, ou que vous alliez vous promener seul; car je veux avoir un *tête à tête* avec votre femme, et je veux l'avoir à présent.

Très bien, mais je suppose qu'il m'est permis de revenir vous trouver : allons donc mes enfans, je veux vous montrer un nouveau point de vue que j'ai découvert.

«M. Travers et mistriss Derville étant demeurés seuls, M. Travers lui dit qu'il souhaitait qu'elle visitât les pauvres et les autres habitans de la paroisse, sans son mari, pour avoir le plaisir d'entendre de leurs bouches l'expression de leur reconnaissance, tribut que le respect les empêcherait de lui payer en sa présence. Mistriss Derville le remercia du fond du cœur pour cette attention délicate.

Leurs espérances ne furent point

trompées ; mistriss Derville goûta le
plaisir délicieux, et le plus doux que
puisse goûter une tendre et vertueuse
épouse ; celui d'entendre des louanges
bien méritées, et les bénédictions adres-
sées à un époux chéri, par des êtres re.
connaissans qu'il avait secourus, sauvés,
ou consolés.

Quand Derville les retrouva à son
retour, la rougeur qui colorait les joues
de sa femme, les pleurs qui remplissaient
ses yeux lui inspirèrent d'abord une
vive inquiétude. Mais le sourire affectueux dont elle l'accueillit, un serrement
de main bien tendre, eurent bientôt
dissipé ses alarmes ; surtout, lorsque
Travers lui eut dit avec sentiment :
« N'ayez point regret aux larmes de
votre épouse : car ce sont les larmes
d'un orgueil légitime, et du bonheur. —
Cette soirée fit encore oublier à mistriss
Derville que les chambres étaient étroi-
tes, et que le souper était servi en poterie unie. Le lendemain on reçut une
nouvelle lettre de mistriss Arlington

en réponse à celle par laquelle mistriss Derville lui avait annoncé son arrivée en bonne santé, et son heureuse réunion avec son époux. Anna y avait ajouté, en post-scriptum, que sa Nelly avait deux petits, dont elle élevait le plus beau pour elle ; cette lettre était affranchie et à l'ouverture, on trouva inclus un papier, sur le revers duquel on lisait : « présent de naissance pour Nelly, et la note suivante pour Anna. »

Ma chère enfant,

Je désire que le petit que vous me destinez soit nommé Caïus, si c'est un mâle ; et suivant ma coutume, en pareille occasion, en qualité de marraine, je vous envoye un présent, duquel vous aurez seule la disposition ; cependant, sous la direction de votre bon père, qui, j'en suis sûre, en fera l'usage le plus avantageux pour nos jeunes Gracques.

Votre amie affectionnée,

Louisa Arlington.

Le papier fut ouvert, et Anna, aussi

étonnée que charmée , en tira trois billets de banque. Le montant était de...
mais je ne veux pas l'indiquer : car quelques lecteurs ne manqueraient pas de
dire : cela ne se peut pas. C'était beaucoup trop... d'autres s'écrieraient : c'est
une honte. Elle eut dû faire un présent
bien plus considérable , si elle voulait
témoigner sa reconnaissance à la mère
d'Anna , pour lui avoir sauvé la vie.
Ainsi je parerai à tous les inconvéniens :
je ne choquerai ainsi , ni les personnes
prudentes , et attachées à l'argent , ni
les personnes libérales outre-mesure,
et ce sont ordinairement , hélas ! celles
qui n'ont rien à donner ; je ne ferai
donc connaître qu'implicitement le
montant des billets de banque. Lorsque
Derville les eut vus, il en aurait volon-
tiers sacrifié un , à l'instant, pour avoir
l'assurance que mistriss Arlington était
et avait toujours été un ange, ainsi que
mistriss Derville l'avait nommée. Il regardait ce présent , comme l'effet de la
générosité naturelle , peut-être de l'or-

gueil, d'un cœur empressé de montrer
sa reconnaissance pour un bienfait, et
comme le précurseur de bontés encore
plus précieuses. Mais un don qu'il eût
pu recevoir avec plaisir de la main d'une
vertu sans tache, il frémissait de le devoir à une vertu équivoque. Cependant
il écarta de nouveau sur le champ cette
pensée injurieuse à la donatrice, et tandis que sa femme et ses enfans se répan-
daient en éloges sur la manière délicate
dont mistriss Arlington s'y était prise
pour faire son présent, il prit sur ses
genoux Anna dont l'étonnement et la
perplexité ne finissaient pas, pour lui
expliquer les vues de mistriss Arlington,
et ce qui faisait l'objet de leur admiration.

Mais, papa, dit Anna, qu'y a-t-il
donc de si charmant dans l'envoi des
billets de banque de mistriss Arlington
pour mon petit chien? Si c'était toute
autre qu'elle, je dirais qu'elle est folle.
Car, vous le savez bien, papa, je n'ai
qu'à les donner à mon petit chien, il

les mettra en pièces. « C'est très vrai ;
mais tu n'es pas obligée de les lui donner.
C'est à moi à qui tu dois les remettre. —
C'est à dire que je suis chargé, et que je
sais le moyen d'en faire le meilleur emploi possible, pour les jeunes Gracques. »

Oui.. « eh bien, écoute Anna ! je pla-
cerai cet argent à intérêt, et il rappor-
tera une somme quelconque ; et comme
tu es la maîtresse de Nelly et de ses
petits ; tu vois qu'ainsi tu seras à même,
de les nourrir très-délicatement ; tu
pourras leur donner de temps à autre
un poulet, ou une bouteille de vin et
de beaux fruits, ou d'autres bons mor-
ceaux.

O cher papa ! mais cela serait tout-à-
fait honteux de donner de si bonnes
choses à des chiens ! d'ailleurs, ils n'en
ont pas besoin, et seraient tout aussi
contens, sans cela. Avec cet argent,
vous pourriez acheter quelque chose,
et maman et Lionel, et ma sœur, et moi
aussi, papa. Oh ! cher papa, je suis sûre

que mistriss Arlington ne veut pas que
je donne cet argent à des chiens.

— Non, mon enfant, répliqua Derville,
non mistriss Arlington ne le désire pas.
Ainsi, à présent, tu comprends peut-
être pourquoi ta maman, Lionel et
Jenny étaient si charmés de la manière
délicate dont elle t'a fait ce présent,
sous prétexte qu'elle a nommé le petit
chien.

« Alors c'était un mensonge, papa,
et je croyais que c'était mal. »

Il est toujours mal de mentir, mon
enfant, quand on veut tromper ; mais
ce n'était pas pour tromper que mistriss
Arlington supposait cela ; écoute Anna.
Mistriss Arlington est une dame très-
riche, et ta maman lui a sauvé la vie.
Maintenant nous ne sommes pas riches ;
et quoique notre revenu soit passable,
il nous en faut cependant une grande
partie pour vivre. Ainsi, quoique Lionel,
à ma mort, doive avoir ma cure,
comme ce ne sera que pour lui et sa

famille, le reste de ma fortune ne sera
pas assez considérable pour que je puisse
laisser beaucoup à Jenny et à toi. Alors,
ce présent, qui est à toi, sera une
heureuse augmentation pour ta fortune,
Anna.

« Ma fortune, papa, ah, tu en es
bien sûr, j'en donnerai la moitié à
Jenny, je ne garderai pas tout.

« Bien, ma fille, dit Derville satisfait,
pendant que Jenny l'embrassait.

« Oui ma fille, il faut garder tout,
ou bien, je garderai tout pour toi. Car
telle est l'intention de la donatrice; et
je suis très sûr qu'elle trouvera le moyen
d'être aussi généreuse pour Lionel et
Jenny; mais elle fera tout à propos. »

« Je le crois aussi, dit mistriss Derville,
et Lionel et Jenny pensèrent qu'elle
avait raison.

« Mais maintenant, écoutes encore
Anna; tu n'as que huit ans, je crois? »

« Oh! j'en ai presque neuf, papa. » Bien;
cet argent placé à intérêt (et je puis en
tirer cinq pour cent; car, je sais que

c'est l'intérêt de quelques fonds publics) si nous laissons les intérêts s'accumuler, c'est-à-dire, si nous n'en ôtons rien pour les dépenser, doublera en sept ans; et avec le temps, quand tu auras passé vingt-deux ans, cela te fera une jolie petite fortune.

« A moi, papa; oh! que mistriss Arlington est bonne! mais pourquoi ne m'a-t-elle pas donné cet argent, à moi, tout d'un coup, au lieu de me l'envoyer pour les petits chiens? »

« Je vais te le dire : ç'aurait été comme si elle eût dit : Vous êtes pauvres, et je vous ai obligation. Ainsi, prenez cet argent; je sais que vous en avez besoin; mais en le donnant comme elle a fait, elle semble jeter un voile sur les motifs réels, et délicatement... — Derville était réellement embarrassé, et son embarras ne diminua pas, quand Anna l'interrompant, dit : mais, après tout, papa, c'est la même chose, vous le savez; vous êtes pauvre, et mistriss Arlington le croit. Je ne peux pas voir ce

qu'il y a de beau dans tout ce mensonge.
Derville ne put s'empêcher de luiré-
pondre en riant ; en effet, Anna, en y
pensant une seconde fois, je ne le vois
pas non plus ; et si mistriss Arlington
avait dit : « Je désire faire du bien à vos
enfans, en prenant sur mon superflu
de quoi leur donner, pour reconnaître
l'important service que leur mère m'a
rendu, je ne me serais pas cru autorisé
à me trouver offensé, ou à refuser. Cependant je confesse que le moyen qu'elle
a adopté montre quelque délicatesse de
sentiment. »

« Quelque.... oh! une très grande, s'é-
crièrent tous les autres, excepté Anna ;
car ils étaient très empressés d'exalter
en toute occasion mistriss Arlington.
Mais, dans celle-ci, la petite Anna
aurait pu s'écrier, comme Mungo, dans
la comédie : « comment pourrais-je
admirer ce que je ne comprends pas? »

Le même jour, après que le mouvement d'allégresse occasionné par l'envoi
de mistriss Arlington fut appaisé, mis-

triss Derville reprit, mais avec peu d'activité, ses occupations journalières qu'elle interrompit avec joie pour déballer des objets qui arrivaient par la voiture de Londres. Mais il lui fut difficile de trouver de la place pour toutes les acquisitions, et elle prétendit qu'il fallait aggrandir les cabinets pour la porcelaine et la vaisselle, où en construire d'autres. Cependant, elle ne savait comment faire pour y réussir, car elle avait déjà désigné pour être converti en boudoir un petit cabinet d'où on avait une belle vue, et où se trouvait un lit à tombeau, quoique le besoin de ménager l'espace ne présentât pas une petite difficulté.

« Je ne croyais guères, avoir tant de besoins, dit-elle, en examinant ses chambres et ses meubles. Il est surprenant que j'aie pu si long-temps me contenter de si peu de commodités. Réellement, nous avons à peine une chaise sur laquelle on puisse s'asseoir. Il faut que j'aie des *chai-*

ses longues en place de ce vieux et lourd sopha.

Elle ne tarda guères à se plaindre en général, à son mari, du manque de certains objets, et à déclarer qu'il lui était impossible de s'en passer plus longtemps. Il fallait employer une partie du legs à se les procurer. Je puis vous l'assurer, ajoutait-elle, Lionel est très disposé à dépenser moins au collège, la première année.

« C'est un arrangement qui vous regarde tous les deux, répondit gravement Derville; Lionel est votre enfant comme le mien, et vous avez sûrement à cœur ainsi que moi, de pourvoir à ses besoins au collège. S'il est disposé à dépenser moins pour des besoins réels, afin que vous puissiez dépenser davantage pour des besoins imaginaires, à la bonne heure.

« Des besoins imaginaires, M. Derville! Oui, ma chère; puis-je les qualifier autrement? Ce sopha n'est-il pas aussi bon qu'auparavant, quoiqu'il ne soit pas à la mode? Et n'avons nous pas été jusqu'à

I.   8

présent assez heureux, et d'assez bon
accord pour n'avoir pas besoin d'un
boudoir, ou chambre pour bouder ; car
n'est-ce pas la signification littérale du
mot *boudoir*, Anna ?

Boudoir, cabinet de toilette, le nom
n'y fait rien, s'écria avec humeur mistriss Derville. J'ai besoin d'une chambre
que je puisse dire à moi, où je puisse
me tenir le matin, et recevoir compagnie.

«N'avez vous pas deux parloirs?—«Oui.
—Et ne pouvez-vous pas y recevoir vos
visites du matin plus convenablement
que dans un cabinet? Je ne suppose pas
que votre intention soit de rappeler le
boudoir à sa destination primitive, et
d'en faire un appartement consacré au
tête à tête. »

Mistriss Derville, sentant que la remarque et la raillerie de son mari
étaient bien fondées, en fut d'autant
plus piquée, et répliqua, qu'elle n'avait
pas une pièce assez grande pour qu'elle
y pût respirer librement, et que la

maison, telle qu'elle était, lui paraissait ressembler tout-à-fait à une coquille de noix.

« Cependant, répondit-il avec douceur, c'est dans cette coquille de noix, que vous avez trouvé le bonheur, et j'espère que vous l'y trouverez encore. Ne dois-je pas l'espérer Anna? S'il en était autrement, ô mistriss Arlington, vous et votre postillon, vous auriez à en répondre! »

En disant ces mots, il quitta la chambre d'un air affligé et mortifié. Mistriss Derville, après avoir consulté le menuisier qu'elle avait fait venir, reconnut que pour aggrandir les cabinets, il lui en coûterait beaucoup d'argent; au lieu de changer le cabinet d'en haut en un boudoir dont elle n'avait pas besoin, elle résolut de le convertir en un cabinet de porcelaines qu'elle jugeait nécessaire; car le legs de lady Anna en porcelaines était réellement d'une grande beauté. Cependant, à l'imitation de lady Lucy et de mistriss Arlington,

elle résolut de placer une partie des vases,
et des plats, au risque de les exposer à
être renversés et brisés, dans son salon
(nom qu'elle donnait à son plus beau
parloir,) sur des consoles et des guéri-
dons faits exprès.

Quand elle revit son époux, ce fût
avec la pénible conviction que le mécontentement qu'elle avait témoigné
de la pauvreté et de la petitesse rela-
tives du logis, l'avait affligé ; mais la résolution qu'elle avait prise de donner à
sa maison toute l'élégance possible, et
de l'emporter sur ce point, la détermina à réprimer l'impulsion de son
cœur, et à prouver, à Derville par son
silence sur ce qui s'était passé, que sans
les agrémens qu'elle sollicitait, sa maison
ne lui offrirait plus autant de satisfaction
qu'auparavant ; ce fut le premier repas
que les deux époux eussent fait ensemble sans plaisir.

Mistriss Derville ne parla que pour se
plaindre du peu de commodité des
chaises ; répétant qu'elles étaient trop

grandes et trop larges, qu'elles rendaient la chambre encore plus étroite; que, pour les tables, il valait beaucoup
mieux les envoyer vendre à Londres,
et les remplacer par des tables pliantes
neuves et à la mode. « Quant au sopha,
il fallait s'en défaire tout de suite. »
Oh! c'est une grande ingratitude à vous,
Anna, dit Derville, d'un ton de reproche. Vous devriez vous rappeler
combien de fois vous avez trouvé du
soulagement à vous reposer sur ce sopha, quand vous vouliez être seule, ou
après vos petites incommodités, combien de fois, quand j'y étais assis à côté
de vous, lisant pour vous endormir,
vous avez déclaré qu'un lit n'était pas
meilleur. Anna, ce sopha est toujours le
même : votre garde non plus n'a pas
changé; mais... il s'arrêta, et se levant, il
quitta brusquement la chambre.

Quand on a eu une fois un tort bien
évident, il est fort difficile de reprendre
la bonne voie ; c'est ce qu'éprouva mistriss Derville. Son cœur lui murmurait

de suivre son époux, et de lui dire qu'elle n'était pas plus changée que le sopha, et qu'elle le reconnaissait pour excellent. Mais l'orgueil murmurait à son tour, que Derville n'avait pas eu assez d'indulgence, qu'il eut dû avoir égard au temps qu'elle venait de passer dans un genre de vie bien différent du leur, à l'élégance d'ameublement et de luxe à laquelle elle avait été récemment accoutumée, qu'il n'aurait pas dû se montrer si vivement choqué du désagrément très-naturel que causait à son épouse, une manière d'être si différente de celle qu'elle venait de quitter; « que diraient lady Lucy, lord un tel, lady un telle, si, par hasard, ils venaient lui rendre visite, et s'ils voyaient combien tout autour d'elle était dépourvu d'élégance? Non; pour son propre intérêt, et surtout, dans la supposition que mistriss Arlington vînt quelque jour loger chez eux, il fallait, au prix d'un léger chagrin, obtenir quelqu'amélioration dans la tenue

de sa maison ; elle ne suivit donc point
son mari.

Derville alla se promener vers la partie
la plus éloignée et la plus solitaire des ri-
ves du lac, d'abord pour dérober son émotion à tous les yeux, ensuite pour réfléchir sur les mouvemens de son cœur. Il
se demandait s'il n'avait pas pris trop au
sérieux les petits caprices de sa femme ;
s'il n'en avait pas marqué trop de mécontentement ? Il avait appris de Lionel
que partout où elle s'était montrée, elle
avait été l'objet d'une admiration excess-
sive, et de tous les hommages. Il savait
que si elle eût le moins du monde encouragé son ancien amant, pour le moment,
homme d'un haut rang, et honoré
comme tel, elle eût pu le faire rentrer
dans ses chaînes, comme un captif vo-
lontaire. Mais elle avait repoussé ces suggestions coupables de la vanité, non-
seulement, pour l'amour exclusif qu'elle
avait voué à son mari, mais encore par un
sentiment naturel de délicatesse et de
pureté, qui lui avait fait détester jusqu'à

l'apparence d'un hommage qui répugnait à la bonne morale. Pourquoi donc avait-il jugé si sévèrement dans son épouse, le tort si excusable de payer un léger tribut à la vanité?

« J'ai eu tort, grand tort; et une expression si vive de mes sentimens n'était pas le moyen de la réconcilier avec la retraite, ni avec sa demeure, si en effet, elle éprouve, un certain degré de répugnance pour notre ancienne simplicité. Allons donc, retournons sur nos pas. J'irai la trouver, et je lui parlerai le langage de la tendresse; mais j'espère que je la rencontrerai, venant au devant de moi. »

Cependant son espoir fut déçu: il trouva mistriss Derville dans le parloir, qui examinait quelques nouvelles fourchettes d'argent, qu'elle venait de recevoir. À son arrivée, elle se leva, et lui en présenta une avec un sourire forcé; mais ce sourire était calme, et à la grande surprise de Derville, il n'apperçut aucune trace de larmes sur les joues de son

épouse, quoiqu'il l'eût quittée deux fois
dans la journée, avec un mécontentement marqué. Il ignorait combien il en
avait coûté à mistriss Derville pour lui
dérober les témoignages d'une sensibilité au-devant de laquelle il venait avec
tant d'inquiétude.

Dans ce moment, Jenny entra, suivie
d'Edouard Jones, ce jeune recteur à qui
ses parens avaient permis de chercher
à se concilier la tendresse de cette jeune
personne, et qui, à la satisfaction de
Derville, avait été sur le point de réussir,
quand arriva l'époque du malheureux
voyage à Londres. Sa conduite était à
l'abri du reproche, et sa naissance honnête. La mère de Jenny avait été satisfaite de s'unir à un modeste ecclésias-
tique de province. Pourquoi sa fille, qui
n'était ni plus belle, ni plus accomplie,
et dont la fortune était sûrement de
beaucoup inférieure, eût-elle aspiré à
une plus haute alliance? — Derville n'é-
tait donc nullement fâché de voir Jenny
revenue le cœur libre, et il reçut la visite

8*

de Jones avec l'affection paternelle qu'il lui avait toujours témoignée.

Mistriss Derville parut à son mari plus froide dans son accueil; mais il savait qu'il l'avait contrariée. Ce qui l'affligea bien davantage, ce fut l'accueil de Jenny, dont il vit Jones très péniblement affecté. La vérité était que Jenny s'était flattée que Jones qui demeurait au village voisin épierait son retour: elle avait été choquée de ne le pas voir; elle avait donc résolu de le punir en le traitant avec une civilité froide et dédaigneuse; et elle copia assez bien les manières de miss Orme. Quand il lui offrit une chaise, elle le pria de ne pas se déranger. Quand elle laissa tomber son aiguille, et qu'il voulut la chercher, elle l'engagea à ne pas se donner cette peine, et lorsqu'il la lui présenta, elle la reçut en souriant, mais sans le regarder en le remerciant.

Lionel n'avait pas encore vu Jones, et lorsque le premier entra dans la chambre, la franche cordialité de ses manières aurait dédommagé son ami

des froideurs de Jenny, si les attentions
de l'amitié pouvaient jamais compenser,
dans un cœur plein d'amour, l'indiffé-
rence et le dédain de l'objet aimé.

Les yeux de Lionel brillèrent de joie ;
ses joues se colorèrent de plaisir à la
vue de son ami. « Enfin, dit Derville en
lui-même, en voilà un dont les sentimens ne sont ni altérés, ni changés.

« Eh bien, Jones, comment vous
portez-vous ? Je suis charmé de vous
voir, s'écria Lionel. Jones s'était levé
pour aller à sa rencontre, et lui exprimait moins par des mots que par un
serrement de main affectueux le plaisir
de le revoir. « Mais où étiez-vous donc
le soir de notre arrivée, et pourquoi
n'êtes-vous pas venu nous voir plutôt ?
Jenny et moi, nous nous attendions à
vous voir sur la route, ne fût-ce que
pour nous dire un mot en passant, à
l'endroit où elle se divise pour conduire
à votre village ?

A ces mots Jenny parut occupée
d'examiner les couverts d'argent ; car

elle ne pouvait contredire Lionel, et
elle ne voulait pas avoir l'air de l'entendre, de peur de paraître avouer ce
qu'il avait dit. Mais elle attendait la réponse avec une vive inquiétude, et son
père ne voyait pas ce qui se passait en
spectateur désintéressé et inattentif.

« Mon intention était bien, dit Jones,
de vous attendre à l'endroit dont vous
parlez. Mais au moment de sortir, je fus
averti de me rendre à une église, à quelques milles d'ici, pour suppléer le pasteur
qui était tombé subitement malade, au
moment d'une inhumation ; il ne voulut
pas me permettre de m'en retourner,
dans l'assurance où il était qu'il allait mourir, et je suis resté près de lui jusqu'à ce
soir, qu'ayant obtenu la permission de
le quitter, je me suis rendu ici, sans
même être allé chez moi.

« Maintenant je vais voir l'effet de ce
récit sur Jenny, pensa son père toujours
inquiet. Sa joie fut inexprimable quand
il la vit se retourner, les joues en feu,
avec le sourire le plus doux et le plus

expressif, et présentant un des couverts
à Jones, lui dire, voyez les folies que
nous avons faites !

L'action en elle-même n'était rien.
Mais la manière signifiait beaucoup ;
quand Jones prit le couvert, ses yeux
rencontrèrent ceux de Jenny. Il con-
prit quel avait été le motif de sa froideur
et de sa civilité dédaigneuse. Le cœur
lui battit, en sentant ses espérances re-
naître, et, quand il serra la main de
Jenny, en lui rendant le couvert, il crut
sentir qu'on lui rendait doucement la
pareille.

Le cœur de Derville fut ainsi soulagé
d'un poids nouveau, et il ne douta pas
que sa femme ne reprît bientôt pour lui
toute sa tendresse.

Un domestique apporta alors un paquet arrivé par la poste, et portant le
contre seing d'un ministre. Ce paquet
était volumineux, et ne contenait évi-
demment qu'un manuscrit. Il était
adressé à mistriss Derville ; elle l'ouvrit

avec empressement, et vit qu'il était envoyé par mistriss Arlington.

Mistriss Derville lut à part quelques minutes ; mais son sein se gonfla bientôt, et ses yeux se remplirent de larmes. Enfin, incapable de vaincre sa sensibilité, elle se jeta au cou de son mari, et murmurant faiblement ces mots : «Pardonnez-moi, mon cher amour »; elle se cacha le visage en s'appuyant sur ses épaules.

Voici ce qu'écrivait mistriss Arlington.

Lawn-House.

«C'est d'un palais, séjour d'une triste et solitaire grandeur, que je vous écris, dans votre modeste asyle, celui de l'amour maternel, et du bonheur conjugal. Longtemps encore après que vous m'eûtes quittée, je me plaisais à suivre en idée les traces de votre voiture, et je vous enviais vos progrès vers le séjour de votre jeunesse, et l'époux cher à votre cœur, cet époux dont vous n'avez

qu'à vous glorifier. Je souriais avec amertume en me rappelant que je vous avais
parue un objet digne d'envie. Hélas !
peut-être me voyez-vous toujours des
mêmes yeux ; car j'ignore quelle sera
la disposition de votre cœur, au moment où ce paquet vous parviendra.

« Peu de jours se sont écoulés depuis
que vous vous êtes réunie à votre époux
bien-aimé ; après que les premières
émotions de la tendresse ont été calmées, le goût ambitieux de la grandeur,
et du luxe, éveillé, je le sais, dans votre
ame, par une situation nouvelle, aura
trouvé le temps de se manifester, et
déjà je m'imagine vous voir projetant
des changemens, méditant de nouvelles
dépenses, et à demi fâchée contre
M. Derville, parcequ'il n'aura point
adopté vos dégoûts et vos désirs. Oui, je
crois voir une tristesse inaccoutumée
sur ce front paisible, et pour la première fois de votre vie, un sentiment de
mécontentement diminue cette joie in-
térieure que vous faisait éprouver celui

d'un bonheur supérieur au partage ordinaire de votre sexe. Si j'ai trop bien
deviné, gémissez de vous être livrée
à ces impressions ingrates et peu dignes
de vous; que votre amour repentant
implore le pardon de cet époux que
ces faiblesses de femme, quoiqu'excu-
sables, peuvent avoir blessé, et quand
il vous aura pressée contre son cœur in-
dulgent, lisez à votre famille ces pages
écrites pour vous; écrites pour vous
prouver combien votre sort est heureux,
pour vous convaincre que votre demeure,
fût elle une cabane, un mari comme
le vôtre en ferait un paradis; oui, j'ai
voulu vous rendre à jamais étrangère aux
frivoles déplaisirs, aux désirs frivoles,
et vous fléchirez le genou, en adressant
au ciel les actions de grâces d'un cœur
contrit et humilié, lorsque vous aurez
lu l'histoire de

LOUISA ARLINGTON. »

Mistriss Derville avait lu cette lettre,
lorsqu'incapable de supporter plus long-
temps les reproches de son propre cœur,

et cédant à l'impulsion de son éloquente amie, elle avait adressé à son époux l'expression de ses regrets, dans les termes que nous avons cités. Quand Jones fut sorti, Derville lut le récit suivant à sa femme et à ses enfans, pénétrés du plus vif intérêt pour l'héroïne.

HISTOIRE DE MISTRISS ARLINGTON.

«J'étais restée seule de plusieurs enfans. Aussi mes parens avaient-ils pour moi une tendresse extraordinaire. Mais cette tendresse était raisonnable; ils ne témoignaient point pour tous mes désirs cette indulgence excessive, effet de l'égoïsme, plutôt que d'une affection bien ordonnée. La leur se manifestait par une salutaire contrainte, par une sage répression, dont l'influence était bien mieux calculée, pour assurer le bonheur de leur enfant.

« Il est souvent difficile de distinguer la cause et l'effet; j'ignore si mon éducation influa sur mon caractère, ou si mon caractère était disposé à profiter

de mon éducation. Mais il est certain
que j'étais douce et soumise à l'autorité
paternelle, et que mon obéissance à
mes parens était égale à ma vénération
et à mon amour pour eux.

« Mon grand père, du côté paternel,
quoique le plus jeune fils d'un grand
seigneur, était entré dans le commerce, et y avait fait une très-grande
fortune. Mon père était son seul enfant. Ainsi j'avais de grandes espérances, comme héritière, et aucune dé-
pense ne fût épargnée pour mon éducation ; j'annonçai, de bonne heure,
du talent pour la musique ; les premiers
maîtres de l'art furent choisis pour
perfectionner mon habileté dans le
chant, et dans le jeu de divers instrumens. Jusqu'à ce que j'eusse atteint
l'âge de seize ans, tous nos hivers se
passèrent à Londres. Mais à cette époque, la santé de ma mère fût tellement
affectée par les brouillards de la capitale,
que nous nous retirâmes dans une terre
récemment achetée par mon père,

dans le voisinage d'une grande ville de
province ; mes maîtres de musique pro-
mirent de me continuer de temps en
temps leurs leçons, dans notre résidence, lorsque le temps ordinaire du
séjour à Londres serait passé.

« Un régiment de dragons des gardes
était en garnison dans la ville voisine,
et quoique je n'eusse pas encore fait mon
entrée dans le monde, n'ayant encore
que dix-sept ans à cette époque, j'étais
néamoins très connue des officiers ; l'un
d'eux, c'était un jeune lieutenant, quoiqu'il ne me montrât pas une attention
particulière, et qu'il parût ne me consi-
dérer que comme un enfant, obtint mon
admiration exclusive.

« Si la beauté extérieure dans un homme
est une excuse suffisante pour l'attachement d'une femme, il était assez
beau pour justifier l'amour le plus vif.
Mais il fixait l'attention par des qualités
plus séduisantes : je n'avais jamais remarqué à qui que ce fût, autant de
grâces dans les manières, et le son de

sa voix ne pouvait s'oublier, dès qu'on
l'avait une fois entendu.

» Ce jeune homme dangereux ne demeura pas long-temps au régiment à
cette époque. Il fut détaché en recrutement, laissant après lui la réputation
d'une extravagance et d'une immoralité
que ceux qui l'admiraient, et moi
comme les autres, excusaient comme
des erreurs de jeunesse. Cependant,
quoiqu'il m'eût charmée, je l'aurais oublié, s'il ne fût pas revenu au régiment
à l'époque où tous les officiers rejoi-
gnaient le corps, et précisément assez
tôt pour être témoin de ma première
apparition dans la société à un bal pu-
blic.

» On ne pouvait imaginer que l'héritière du riche M. Fortescue pût paraître
pour la première fois au bal sans y être
l'objet sinon de l'admiration, au moins
de l'attention, et peut-être le devins-je
de ces deux sentimens à-la-fois. Certainement le jeune lieutenant les éprouva
pour moi; et comme il était le fils d'un

baronet., et qu'il tenait à des personnes
distinguées dans la société, mon père
ne pouvait trouver mauvais qu'il dansât
avec sa fille.

« Mais pourquoi m'arrêter aux dangereux plaisirs que me procurèrent cette
soirée, et beaucoup d'autres dont elle
fut suivie?

« Les premières impressions que j'avais
éprouvées en sa faveur me disposaient
à l'aimer, malgré les erreurs qu'on lui
imputait, et il ne réussit que trop bien
à me persuader qu'il m'aimait.

« Enfin, il se proposa pour mon époux.
Je le renvoyai à mes parens : ils avaient
toujours déclaré que le défaut de fortune ne serait jamais une objection à
leurs yeux, à l'égard d'un homme que
j'aimerais, pourvu que son caractère fût
irréprochable, et qu'il parût capable de
me rendre heureuse.

« Bref, mon père rejetta d'une manière
non équivoque, les prétentions de mon
amant, et en s'expliquant avec lui, mo-
tiva son refus par des raisons dont la

validité ne me fut par la suite, que trop démontrée. Il lui dit qu'ayant remarqué les progrès de ma prévention pour lui, il avait pris des informations exactes sur son caractère et ses mœurs, et qu'il ne devait pas avoir besoin de dire quel en avait été le résultat; qu'il avait appris que son caractère, lorsqu'il n'était pas retenu par des motifs puissans, tels que l'intérêt et la crainte, le portait à railler, à tourmenter, à tyranniser. Il ajouta qu'il serait peu convenable de discuter avec lui l'article des mœurs, mais que, quelque distinguée que fût sa famille, quelque séduitantes que fussent ses manières, un homme tel que lui, ne pouvait jamais, de son consentement, devenir l'époux de sa fille.

Mon amant rejetta ses erreurs sur sa jeunesse; il assura mon père que l'amour le rendrait souple à mes désirs, que son irritabilité naturelle céderait à ma douceur et à mes qualités aimables. Mais tout son plaidoyer fut en pure perte, et sa poursuite fut positivement

rejetée. Mon père , par attention
pour moi, voulut que ma mère fût
auprès de moi l'interprète de ses volontés.

Quoique préparée, jusqu'à un certain
point à cette nouvelle, quoique j'eusse
observé, toutes les fois que mon père était
présent à nos entrevues , que ses yeux
se fixaient toujours sur mon amant avec
sévérité , et sur moi, avec inquiétude, je ne pus résister à ce coup ; j'en
fus si affligée, que ma mère, trop indul-
gente, promit de faire tous ses efforts
pour obtenir de mon père, que si, avec
le temps, mon amant paraissait revenu
de ses erreurs, s'il parvenait à réformer
son caractère, et ses mauvaises habitudes, il lui serait permis de renouveler
ses visites ; mais les efforts de ma mère,
furent inutiles ; je dus me regarder
comme séparée pour jamais d'un homme
que je croyais, en grand partie, victime
des calomnies de ses envieux , et
qu'en dépit de la défense de mon père,
et de mon obéissance habituelle , j'ai-

mais aussi ardemment que tendrement.
Mon amant employa tous ses soins à
entretenir l'impression qu'il avait faite
sur moi ; il se jetait sur mon passage,
toutes les fois qu'il en trouvait l'occasion. Il épiait les momens où mon
père était dehors, et alors, si ma mère et
moi nous sortions, ou si je sortais avec
un domestique, je le voyais sur ma route
appuyé contre une porte, et présentant
l'aspect du malheur sans espoir ; ayant
grand soin de nous faire répéter qu'il
restait renfermé dans sa chambre,
et ne dînait jamais dehors, qu'il était
pâle, dévoré de chagrin, enfin,
changé à tous égards. Toutes ces me-
nées faisaient une grande impression
sur ma mère et sur moi, et lorsqu'elle
s'apperçut que je commençais à maigrir
et à pâlir, elle craignit que mon père
n'eût poussé la fermeté trop loin, qu'il
n'eût été trop sévère, dans le jugement
qu'il avait porté de mon amant, trop
positif dans son refus.

« A cette époque, une affaire appela

mon père à Londres. Il y était depuis peu
de temps ; lorsque mon amant à qui les
regards compatissans de ma mère, quand
il nous rencontrait , n'avaient point
échappé , s'avisa de lui écrire; sa lettre
en renfermait une pour moi. Son
respect pour l'autorité paternelle , et
pour mes principes, marquait-il à ma
mère, l'avait empêché de tenter de me
la faire parvenir d'une autre manière ;
mais il la conjurait avec instance , au
nom de son bonheur ici bas, et de son
salut dans l'autre monde, de m'en permettre la lecture.

« La gravité solemnelle de ses supplica-
tions fit impression sur ma mère. Atten-
drie par son malheur apparent, flattée
de l'idée que l'amour de ce jeune homme
pour sa fille en était la cause ; enhardie
par l'absence de mon père, elle exauça
les vœux de mon amant, et me permit
de lire cette lettre fatale, dont le contenu demeura gravé dans mon cœur
en caractères ineffaçables. — Il avouait,
il déplorait son irascibilité naturelle, les

I.   9

égaremens dans lesquels la jeunesse et l'ardeur de ses passions l'avaient précipité : Mais on connaît disait-il l'influence d'un amour vertueux. Il le ressentait pour la première fois : il avait l'assurance que si je consentais à devenir sa femme, non-seulement je réformerais sa conduite, et je le rendrais l'exemple des jeunes gens, mais je sauverais son âme d'une perdition autrement inévitable, et j'attirerais sur un pécheur repentant la céleste miséricorde.

« A dater de ce moment, je me déterminai par principe, à ne point essayer de triompher de mon amour, et ma mère elle-même épousa sa cause. Je remarquais avec satisfaction que les souffrances de mon cœur ruinaient ma santé, et que des symptômes visibles en annonçaient le désordre. Mon père même à son retour ne pouvait s'empêcher d'en être frappé.

« Il le fut en effet; mais ce spectacle ne triompha pas de sa fermeté, il contemplait la bien-aimée de son cœur, le seul survivant de tant d'enfans chéris, prête, suivant toute apparence à les suivre au tombeau, victime d'un attachement sans espoir; et quelque pénible que fût pour lui cette appréhension, il croyait qu'il valait encore mieux me voir mourir, que de m'unir à un homme tel que mon amant se montrait à ses yeux, et qui, il n'en doutait pas, devait rendre mon existence misérable.

« Mais il s'était trompé en comptant sur la force de ses résolutions, il reconnut à la fin qu'il y avait quelque chose de mieux à faire que de me laisser mourir à petit feu, surtout s'il était la cause de ma mort. S'il fallait que je périsse, il sentait qu'il valait encore mieux me laisser périr victime de mon opiniâtreté que de la sienne. Bref, ma mère nous protégeant ouvertement, et le courage ayant manqué à mon père, nous parvînmes à notre but; dès que M. Seymour eût quitté son corps, on nous maria.

La persévérance de mon attachement m'attira de tous côtés des reproches

sévères ; on m'accusa d'avoir cédé à la
vanité, en formant cette union. C'était,
disait-on la vanité qui m'avait persuadée
que mes charmes et mon esprit ramè-
neraient un libertin. Mais ceux qui me
blâmaient connaissaient bien peu le
cœur humain, et surtout le mien : ce fut
l'amour qui me détermina , ce fut un
charme tout particulier dans la personne
de Seymour et dans ses manières , qui
me fascina les yeux, qui jeta sur ma
raison un voile épais : comme toutes
les femmes éprises , j'accordai une confiance absolue aux sermens de l'objet
aimé. Il assurait que non-seulement son
bonheur et sa vertu, mais son salut
même dépendaient de m'avoir pour
épouse, et je le crus. Peut-on , d'après
cela, s'étonner de notre mariage ?

Nous étions donc unis et mon généreux père ne se borna pas à être très-
libéral à mon égard. Il montra encore
beaucoup de bontés pour mon époux.
La noble conduite de mon père parut
avoir fait beaucoup d'impression sur

celui-ci, qui lui témoigna des attentions
si empressées et si flatteuses, que ma
mère bénissait l'heure où elle s'était décidée à plaider notre cause. L'avenir que
j'avais sous les yeux ne m'annonçait donc
qu'un bonheur sans fin.

« Ma mère ne survécut pas long-temps
à notre mariage ; elle mourut en le bé-
nissant, et persuadée qu'il serait heureux.
Quelques mois s'étaient à peine écoulés,
lorsque nous fîmes un voyage en Ecosse.
Mon père, avec un de ses cousins nous
accompagnait durant ce voyage. Lorsque
nous étions seuls, et que mon époux
n'était plus gêné par la présence
de mon père, je m'aperçus bientôt
que si Seymour savait se contraindre,
son caractère n'en était pas plus réformé,
et je commençai à découvrir que ma
félicité conjugale était un édifice bâti
sur le sable.

« Mais je pris à l'instant la résolution
de supporter avec patience et en silence
tout ce que j'aurais à endurer, de dérober pour jamais à tous les regards,

mais plus particulièrement encore aux
yeux de mon père, un malheur dont je
ne devais accuser que ma propre faiblesse, mon aveuglement, et l'opiniâtreté de mon amour. Comme les jeunes
enfans de Sparte, je me décidai à dissimuler avec soin des angoisses qui, selon
toute apparence, devaient finir par me
coûter la vie.

« A notre retour d'Ecosse, nous éta-
blîmes notre résidence à la ville, et
nous quittâmes le foyer paternel. Oh
que ce moment fut douloureux ? Mais
j'avais appris dès l'enfance à me rendre
maîtresse de mes sentimens, et en prenant congé de mes parens désolés,
j'eus la force de ne montrer qu'un chagrin modéré, et une résignation dont
je fus moi-même étonnée. Cependant
la vivacité de ma douleur secrète n'é-
chappa pas à l'œil clairvoyant de mon
époux. Il vit que les miens étaient ou-
vertes sur la destinée qui m'attendait,
et dès qu'il m'eut arraché à mon asyle

jadis si heureux, il ne balança pas à
jeter un masque qui le fatiguait.

« A peine fûmes nous montés en voiture, qu'il se tourna vers moi, et me dit,
avec un sourire amer, et d'un ton ironi-
que : Je n'ai jamais vu une plus belle scène
de désespoir et de résignation, madame,
que celle que votre vieux rêveur de père
et vous, vous venez de me donner. En
vérité, vous ressembliez tout-à-fait à
quelqu'un qui marche au supplice, et
que le prêtre exhorte! quant à votre
père, cet insolent radoteur, croit-il
que j'aie oublié qu'il m'a refusé pour
votre époux, qu'il a eu l'impudence,
de me motiver son refus sur son horreur
pour mes mœurs et sur les craintes que
lui inspirait mon caractère ; n'a-t-il pas
osé me dire qu'il aimerait mieux vous
suivre au tombeau qu'à l'autel avec moi?
Si jamais je l'oublie.....

Sa prononciation était altérée par la
violence de sa passion, tandis que la
prudence d'un côté, de l'autre l'émotion

me faisaient garder le silence. Il fut
quelques minutes sans parler. L'horrible expression de sa physionomie se
calma par degrés , et fit même place à
celle d'une douceur insinuante, et d'une
aimable sérénité. C'était l'arc-en ciel
après l'orage : mais hélas, il s'éva-
nouissait aussi promptement.

« Il eut la condescendance , pour ap-
paiser mes esprits troublés , de s'excuser sur la violence de son caractère. Il
me demanda s'il n'avait pas été provo-
qué par l'aspect d'une épouse quittant
le foyer paternel pour la maison d'un
jeune époux qui l'adorait , comme une
victime que l'on conduirait au sacrifice ,
et dont toutes les affections seraient
concentrées dans l'amour filial. Il me
demanda encore si je ne trouvais pas
qu'il eût sujet d'être irrité de tout ce
que mon père lui avait dit. Ses manières
étaient si séduisantes, j'étais si aveuglée
par mon amour , et si disposée à me
laisser tromper , que je me déterminai
à croire que mon père et moi nous avions

tort, et que le langage insultant et cruel qu'avait tenu mon mari, était, jusqu'à un certain point, excusable. Mais nous en étions encore aux premiers momens de notre union, et je fus bientôt convaincue que chaque jour amènerait les mêmes écarts, pour lesquels mon dévouement même, tout aveugle qu'il était, ne pourrait plus trouver d'excuses.

« En société, il était impossible de paraître plus aimable, plus attentif, plus tendre que mon époux. Car, il était excessivement jaloux de sa réputation. Certain que l'on soupçonnait la méchanceté de son caractère, il me reprocha un jour avec violence de lui avoir fait tort dans l'opinion du monde, par ma pâleur, et mon air abattu. A l'entendre, il était sûr qu'on l'en rendait responsable. Il insista pour que j'eusse recours au rouge, afin de déguiser ma pâleur, et de mettre ainsi un terme à d'impertinentes remarques.

« Je lui obéis, et j'essayai même de reprendre ma gaîté habituelle; mais

9*

mon motif le plus puissant pour me
soumettre dans cette circonstance, était
le désir de faire illusion à mon père,
aussi bien qu'au monde, et d'endormir,
s'il était possible, sa tendresse vigilante.

« Hélas ! combien j'éprouvais de soulagement lorsque j'étais certaine d'avoir
réussi : mais la tâche était difficile. —
Mon père était inquiet, et soupçonna
la vérité, surtout, quand il eut découvert que mon mari prodiguait l'argent,
et qu'on l'eut informé que Seymour
jouait gros jeu, sans que j'en susse rien.
Mon père nous faisait de fréquentes
visites ; quand il arrivait inopinément,
j'éprouvais beaucoup de peine pour
lui cacher entièrement mes souffrances.
Lorsque je l'attendais, à l'aide de l'art
et de beaucoup d'efforts, je parvenais à
paraître telle qu'il m'avait toujours vue.
Cependant deux ans se passèrent, pendant lesquels j'étais malheureuse en
particulier, et dans une situation assez
agréable devant le monde. Car alors,
mon époux se montrait tel que je pou-

vais le désirer; j'eus alors la perspective
de voir s'accroître má famille. La joie
que j'en éprouvais fut bien diminuée
par le chagrin que témoigna mon époux,
et par le propos journellement répété,
que les enfans n'étaient bons qu'à causer
du chagrin et des dépenses à leurs parens, peine dont on n'était jamais dédommagé par le plaisir d'en avoir. Je
sentis augmenter ma douleur, lorsque
j'eus la conviction que mon mari n'ayant
jamais d'argent pour les dépenses les
plus ordinaires, devait employer son revenu d'une manière qui m'était entièrement inconnue.

« Jusqu'ici j'ai oublié, mais je ne dois
pas négliger de dire, que lors même
que mon père n'eût pas eu d'autres
raisons pour désapprouver mon mariage avec un homme de mon choix,
il en aurait trouvé une dans son désir
de me faire épouser un homme qu'il
avait choisi lui-même, et cet homme
était tel que tous les pères eussent été
charmés de le voir préféré par leur fille,

que toute femme eût été glorieuse d'en
faire son époux. Je ne saurais mieux en
faire l'éloge qu'en disant que pour le
caractère et les mœurs, il formait un
contraste parfait avec mon mari, et
que sa physionomie était l'expression
parfaite des qualités de son esprit et de
son cœur. Mais j'étais aveugle, infatuée,
opiniâtre, faible, et je le refusai pour
m'unir à son contraste. Au moment de
mon mariage, il accepta une mission
diplomatique, et quitta le royaume,
hors d'état, disait-on, de supporter le
séjour de l'Angleterre, après cet événement. Quoi qu'il en pût être, il y revint deux ans et demi après mon mariage ; et non seulement je le rencontrais fréquemment dans la société, mais
mon époux l'invitait sans cesse chez lui.
Je ne saurais dire quel était son motif,
à moins que ce ne fût l'espoir de trouver
l'occasion de me reprocher trop d'attention pour mon ancien admirateur,
et de pouvoir m'accuser d'irrégularité
dans ma conduite. Mais il ne connaissait

ni l'homme qu'il s'efforçait d'entraîner
ainsi dans un piége, ni la femme qu'il
voulait mettre dans une situation dangereuse et difficile. Mon premier amant
refusait toutes les invitations, excepté ;
lorsque ma porte était ouverte à tout
le monde ; et si son cœur éprouvait
encore quelque retour de son ancien
attachement, il me respectait trop pour
en laisser rien paraître dans ses regards
ni dans ses manières. Mais il avait pour
moi une vive compassion ; car ses yeux
eurent bientôt discerné mon malheur
réel, à travers la gaîté et le badinage
des cercles, et je vis qu'il démêlait ma
pâleur croissante sous l'éclat mensonger
qui la déguisait mal.

Il entendit même un jour les terribles invectives dont m'accablait mon
mari, en me conduisant à ma voiture,
parcequ'il voulait que je l'accompagnasse à l'Opéra, et qu'il s'imaginait
que je ne voulais pas y aller. Jamais, non
jamais je n'oublierai ce regard d'une
compassion aussi tendre qu'inutile ;

qu'il jeta sur moi; il me semble le voir
encore, et je ne sais si mon imagination
lui prête ou non cette expression : mais
il avait l'air de me dire : « Pauvre femme
abusée ! qu'avez-vous fait ? Vous avez
détruit mon bonheur et le vôtre. »

« Ce fut le seul instant où ses yeux par-
lèrent aux miens. Peu de temps après,
il quitta l'Angleterre comme résident
auprès d'une cour éloignée. Je ne l'ai
pas revu depuis.

« Il ne me restait plus que deux mois
pour atteindre mon terme. J'attendais
l'événement avec anxiété ; car je ne
pouvais m'empêcher d'espérer que,
malgré son aversion déclarée pour les
enfans, la vue d'un enfant à lui pourrait
adoucir le cœur de mon époux en faveur de sa mère.

« Mais mes espérances devaient être
trompées.

« Mon mari ne m'avait jamais laissé
disposer de la moindre partie de mon
revenu ; il me tenait dans un état de
dénuement pareil au sien. Un matin,

il entra dans ma chambre à coucher,
pour me demander tout l'argent que je
pouvais avoir : mais je n'en avais point
à lui donner, et soit qu'il fût plus pressé
de s'en procurer que de coutume, soit
toute autre raison, que je ne saurais
dire, il s'abandonna aux excès de la
colère la plus impétueuse : il maudit le
jour où il m'avait épousé, il me maudit
pour la faiblesse que j'avais eue de l'aimer, m'assurant qu'il ne m'avait épou-
sée qu'à cause de ma fortune ; qu'à cette
époque il aimait déjà, et qu'il aimait
encore une autre femme.

Ce moment qui ajoutait les tourmens
de la jalousie à la conviction de n'avoir
jamais obtenu de retour pour ma tendresse, était d'une amertume acca-
blante. Il n'était cependant que le pré-
lude de souffrances d'un autre genre,
de déchiremens de cœur prolongés, si
toutefois il peut être des tourmens égaux
à ceux de la jalousie : car, tandis qu'en
proie à une sorte de désespoir, je tenais machinalement les yeux fixés sur

le visage livide et la physionomie ren-
versée de mon époux, immobile, moi-
même, et comme glacée d'horreur,
j'aperçus mon père! Je fus convaincue
que mon malheur jusques-là dérobé à
ses yeux par mes soins, venait de lui
être révélé dans toute son affreuse
étendue.

« Le spectacle de son désespoir, la certitude de sa douleur fit ce que n'avaient
pu faire mes propres souffrances ; il
m'arracha un cri de désolation ; à ce
cri mon mari se retourna ; il aperçut
mon malheureux père qu'il venait de
frapper au cœur, sans le savoir : dans
le moment, accablé par sa conscience,
il se leva, cacha son visage dans ses
mains, et sortit précipitamment de la
chambre.

Je ne m'arrêterai pas sur la triste
scène qui suivit, entre mon malheureux
père et moi. Qu'il vous suffise de savoir, qu'en me jetant dans ses bras,
comme pour y chercher consolation
et refuge ; je ne me sentis plus aussi

misérable qu'auparavant , et que , pour
un instant, le sentiment de mon infortune s'affaiblit. Je dois aussi avouer ,
que dans ce moment , un mouvement
d'égoïsme prévalut dans mon cœur. Je
ne pus être fâchée de n'être plus obligée de renfermer dans mon sein le
secret de mon chagrin. C'était pour
moi un soulagement de pouvoir confier
mes peines au seul être sur la terre,
sur l'affection de qui je pusse compter,
qui sympathisât avec moi , et dont la
tendre commisération ne fût pas sus-
ceptible de se décourager. Si l'on peut
goûter quelque joie dans le malheur ,
je l'éprouvais en ce moment.

« Mon père fut le premier à rompre
le silence. Le son de sa voix, son regard
m'annonçaient trop ce qu'il avait à dire.
Je m'écriai d'une voix presqu'inarti-
culée , et avec angoisses. « Oh ! ne le
faites pas , ne le maudissez pas.

« J'ignore ce que mon pauvre père répondit. Car à l'instant , il s'aperçut que
la pâleur de mon visage augmentait. Il

me prit dans ses bras pour m'empêcher de tomber , et sonna en toute hâte pour appeler du secours.

J'eus à l'instant la conviction du funeste effet de ma dernière crise , et du triste résultat qu'aurait mon accouchement prématuré. Mon pressentiment ne me trompa pas. Pendant quelques heures je fus entre la vie et la mort ; ma vie ne paraissait plus tenir qu'à un fil. Quand mes souffrances me laissaient quelque relâche , je demandais sans cesse mon père , et sa présence me ranimait toujours. Mais je ne demandai pas une seule fois mon mari. Jaloux , comme il l'était de paraître époux tendre et chéri , je vis , quand je repris un peu de santé , que cet effet naturel de l'outrage fait à ma tendresse , et du ressentiment de sa cruauté , l'avait profondément blessé.

« A la fin , l'enfant, que je portais, innocente victime de la brutalité de son père , ouvrit les yeux à la lumière pour les refermer aussitôt à jamais ; ce qui

me consola fut la certitude que sa naissance n'eût point été accueillie par les
bénédictions d'un père.

Dès que je fus assurée de mon retour
à la vie; mon père m'annonça qu'il allait
me quitter. Je ne pouvais être surprise de
son empressement, sachant combien
la vue de mon mari lui était odieuse,
quoique ce dernier eût montré les plus
vives inquiétudes pendant tout le temps
que j'avais été en danger. Cette inquiétude pouvait facilement s'expliquer par
la crainte de perdre avec moi toutes ses
espérances de fortune, et j'appréhen-
dais que mon père n'interprétât dans ce
sens la douleur de Seymour.

« Mais peut-être le jugions-nous trop
sévèrement; peut-être le remords con-
tribuait-il autant que l'intérêt à l'anxiété
et au trouble qu'il montrait. Mon père
désirait que je l'accompagnasse à la campagne; mais on déclara que j'étais trop
faible pour entreprendre un voyage.
Voyant que la présence de mon mari
lui était insupportable, et redoutant

quelque scène terrible entre eux, je
n'osai inviter mon père à différer son
départ jusqu'à ce que j'eusse repris assez
de force pour le suivre. Cependant mon
époux ayant annoncé l'intention de
quitter la ville, mon père, sans que je le
lui demandasse, resta quelques jours de
plus, et ce furent les derniers pendant
lesquels j'aie connu le plaisir d'un attachement réciproque. Pendant ce temps
je m'efforçai de pallier les cruels propos
de mon mari, les malédictions affreuses
que mon père avait entendues : je l'as-
surai, et c'était la vérité, que ce jour-là
et le précédent je me trouvais si malade,
que l'évènement que nous déplorions,
la perte de mon enfant, eût pu arriver,
quand même Seymour eût été moins
inhumain. J'essayai aussi de lui persuader que j'avais encore de temps en temps
des heures de bonheur, et que je ne
pouvais me repentir de ce mariage. Mon
père avait un si grand besoin de le croire
pour sa tranquillité, qu'il le crut en effet.

« Oh! combien il était doux pour moi

d'entretenir encore un commerce habi
tuel avec un être dont j'étais sincèrement aimée, qui parlait encore le langage de la tendresse, et me regardait
des yeux d'une véritable amitié! Mais
ces heures de bonheur s'envolèrent trop
rapidement, et le moment du retour
de mon mari, signal du départ de mon
père, vint me frapper, comme une ca-
lamité inattendue. Quelle douleur pour
moi de penser que le retour d'un époux
exilait un père d'auprès de son unique
enfant! Mais il n'en pouvait être autrement, et je n'eus qu'à me résigner en
silence. Mais hélas, quel départ! quel
moment douloureux que celui où mon
père me prenant sur ses genoux, me
recommanda, les lèvres tremblantes,
les yeux mouillés de larmes à l'appui,
à la protection du créateur, dans les
épreuves auxquelles il était trop sûr de
me laisser exposée, et qu'il sortit ensuite
de la maison avec précipitation. La tristesse de cette séparation ne pouvait être

égalée que par celle du moment de notre dernière réunion.

« Quand il fut parti, je tombai dans une espèce de résignation stupide à ma destinée. Mon mari me montra en me revoyant pour la première fois, une tendresse réelle ; je le saluai avec un sourire dont le calme tenait de l'imbécillité ; il en fut visiblement affecté, et il pressa de ses lèvres mes lèvres pâles, avec un degré de sensibilité, qui m'était devenu depuis long-temps étranger de sa part.

« Mais je fus bientôt rappelée d'une manière trop fatale, au profond sentiment de mes souffrances. Mon père était d'un âge avancé : le trouble, l'inquiétude qui l'avaient récemment agité avaient produit sur sa santé un effet sensible, et même funeste. Trois jours à peine après son retour chez lui, il fut frappé d'une atteinte de paralysie. Un exprès fut sur le champ dépêché à mon mari, à qui je dois rendre cette justice qu'il s'y prit de la manière la plus douce pour m'informer de ce malheur, et que, prévoyant mon désir de me rendre sans délai près de mon père, il avait ordonné que des chevaux fussent à ma porte, même avant de m'avoir instruite. Il insista pour m'accompagner avec l'intention de cacher son arrivée à mon père.

« Cette preuve d'attention et de bonté, quels qu'en fussent les motifs, me soutinrent merveilleusement contre cette nouvelle épreuve, la plus dure de toutes, et s'il m'eût encore été possible de faire partager à mon père ma sensibilité, je me serais fait un plaisir de lui en communiquer le sujet. Mais hélas, mon mari qui avait quitté la voiture, même avant de m'en faire descendre, pour demander des nouvelles de mon père, revint à moi, et me trouva appuyée contre la porte du parloir dans une agitation qui m'ôtait presque la respiration. Je lus dans ses traits une expression de satisfaction qui ne pouvait que me présager des nouvelles favorables, et lorsqu'il m'annonça au contraire qu'il fallait me préparer à ce qu'il y avait de pis, même dans ce cruel moment, je ne pus m'empêcher de sentir que la mort de mon père avait causé cette expression de contentement qui m'avait frappée.

Un mouvement involontaire me fit donc rejeter le bras que mon mari m'offrait pour m'aider à monter les degrés et j'entrai seule dans la chambre où mon père se mourait. Les dernières angoisses de la mort approchaient : il avait presque perdu la faculté de parler; mais tout souffrant qu'il était, il conservait sa tête : il me reconnut sur le champ, et me tendit la main, pour me saluer: ses yeux mourans se tournèrent sur moi avec une inexprimable tendresse. Je me jetai à côté de lui, dans l'angoisse de la douleur: je vis à un triste mouvement de tête, qu'il voulait me faire entendre que tout espoir de retour à la vie était perdu pour lui. Je me livrai aux lamentations les plus tendres, le conjurant de vivre pour moi, ou de m'entraîner avec lui. Ces paroles expri-

maient trop clairement, qu'en le per-
dant, je croyais perdre tout ce qui
m'attachait à la vie : il s'efforça de m'em-
brasser avec le bras qui avait échappé
à l'atteinte de la maladie, et avec des
mots à peine articulés, levant les yeux
au ciel il me dit : « C'est là mon enfant,
que tu retrouveras ton père.—Bénissez..:
j'étais penchée sur lui, retenant ma
respiration pour ne rien perdre de ses
dernières paroles : mais il ne put
achever. Il me regarda fixement ; le
bras dont il me tenait tomba tout à coup,
et ses yeux se fermèrent pour ne plus se
rouvrir ; il faut que je m'arrête. Ce
souvenir est toujours accablant pour
moi.

« Les jours, les semaines, se succé-
daient, et je ne donnais, à ce que l'on
m'a dit depuis, aucun signe qui an-
nonçât que j'eusse retrouvé la faculté
de penser. Si l'on ne m'eût pas vu respirer, on eût quelquefois douté si
j'existais. A la fin, cependant, ma jeunesse l'emporta sur la maladie, suite de

la faiblesse à laquelle m'avaient réduite
le chagrin, et des émotions de nature si
diverse. — Je fus rappelée à la vie pour
recouvrer la faculté de sentir ma position actuelle. Mais le retour de ma mémoire me rendit le sentiment de mon
malheur d'une manière si terrible, que
dans un premier accès de désespoir,
j'éprouvai le désir de perdre encore une
fois le souvenir à peine renaissant de
ce qui m'était arrivé; car, il me semblait
que je restais seule au monde, condamnée à n'y plus trouver personne
pour m'aimer, me consoler et me
servir d'appui.

Ces yeux qui s'étaient fixés sur moi,
pendant tant d'années, avec une affection toute particulière, étaient désormais ensevelis dans les ténèbres de la
tombe. Ce cœur qui m'avait aimé avec
une tendresse que rien ne pouvait altérer, était maintenant glacé, déchiré,
et par qui? Quelle était celle dont la
persévérance et l'opiniâtreté coupables
avaient produit de si tristes et de si fu-

nestes effets ? Et , cependant , je vis ,
et il faut que je vive ; que je vive pour
souffrir la juste rétribution de mes
fautes , pour vider goutte à goutte la
coupe d'amertume que je me suis
moi-même préparée ! Telles furent mes
pensées , en recouvrant la mémoire.
Heureusement pour moi , j'éprouvai un
si profond repentir d'avoir été l'instrument du coup soudain qui avait frappé
mon père , je me prosternai, avec une
humilité et des remords si vrais devant
l'Etre suprême qui m'avait fait trouver
mon châtiment dans mes offenses , que
je goûtai quelque consolation dans
l'excès même de ma misère ; je me sentis remplie de reconnaissance pour la
bonté qui me permettait de travailler à
expier par ma résignation dans mes
épreuves, les fautes que j'avais com-
mises : ces sentimens furent mon salut
et mon appui.

Mon mari manifesta une joie vive de
me voir rétablie ; on me dit que la vue
de mon triste état l'avait excessivement

affligé. Je n'en étais point étonnée :
car n'avait-il pas déjà à répondre de la
mort de deux individus, et la mienne
ne pouvait-elle pas être la troisième
dont il serait responsable? Au premier
symptôme qu'il lut dans mes yeux, de
mon retour à moi-même, ses larmes
inondèrent mon cou ; il me pressa sur
son cœur : mes regards se portèrent
alors sur tout ce qui m'entourait. Je
frissonnai en le reconnaissant. — Mon
cœur me reprocha mon endurcissement
involontaire contre les preuves éviden-
tes de sa tendresse, et je me penchai
sur son sein, résolue de m'efforcer, s'il
m'était possible, de lui rendre mon attachement, et de recouvrer son amour.

« Je lui rendis en effet le mien, malgré
tout ce qui s'était passé ; quand je le vis
me consacrer tous ses momens , s'efforcer de me distraire et de m'égayer ,
j'oubliai ses cruautés passées ; il ne me
resta que le regret de n'avoir pas mon
père bien-aimé pour témoin de cet heureux changement. Mais avec le retour

de ma santé et de ma tranquillité, je
vis cesser les attentions de mon époux.
Je fus de nouveau abandonnée à moi-
même, et aux souvenirs qui nourris-
saient ma tristesse. Un chagrin plus
cuisant encore que tous les autres, le
tourment de la jalousie, mettait mon
âme à la torture, et me poursuivait
partout : sa déclaration qu'il ne m'avait
jamais aimée, qu'il en avait aimé et en
aimait encore une autre, m'était toujours
présente à l'esprit? quelle pouvait être,
et où était ma rivale? peut-être aussi
n'avait-il voulu que me tourmenter :
quoiqu'il en pût être, cette idée, vraie
ou fausse m'était toujours insupportable:
Dans quelqu'assemblée que nous nous
trouvassions ensemble, j'épiais sans
cesse l'expression de sa physionomie,
dès qu'il parlait à quelque personne
jeune, belle et attrayante.

Peut-être vous étonnerez-vous de
m'entendre parler des visites que nous
faisions ensemble; mais l'accompagner

dans ces assemblées était un de mes
devoirs.

« La terrible maladie dont j'avais été
la victime, après la mort de mon père,
était une preuve suffisante de mon attachement filial. Quelques mois de
souffrance et de réclusion avaient assez
attesté mon respect pour sa mémoire:
mon premier devoir était donc de me
rendre aux vœux de mon mari. D'ailleurs, jaloux, comme je l'ai dit, de sa
réputation, à certains égards, il craignait que le monde ne me soupçonnât
de me tenir renfermée pour déplorer
bien plutôt la conduite de mon époux
vivant, que la mort de mon père. Son
amour-propre était blessé de l'idée
qu'une femme assez heureuse pour
porter le nom de son épouse pût être
si vivement affligée d'une semblable
perte. Il insista donc pour me faire
quitter mon deuil, et reprendre avec
l'usage du rouge, nos anciennes habitudes de société.

« Je me montrai docile, je m'efforçai
même de paraître gaie ; mais le contraste de l'époux dans le monde, et de
l'époux chez lui, n'eut pu manquer
de paraître bizarre à un observateur
attentif.

« En société, Seymour montrait tant
d'égards, tant de bonté pour moi, qu'il
se flattait de me voir l'objet de l'envie
de toutes les femmes. Mais aussitôt que
nous étions seuls, il jetait le masque,
et le tyran domestique reparaissait. Il
me rappelait ce conte de fée, dont le
héros, par l'effet du pouvoir d'un enchanteur, se montre pendant le jour
sous les formes les plus séduisantes, et
est contraint à revêtir toutes les nuits
celle d'une espèce de monstre. Quant
à mon mari, l'enchanteur qui exerçait
sur lui cet ascendant, c'était son caractère.

Pendant que j'étais exposée à tous les
caprices de ce redoutable magicien, je
me disais ordinairement : Oui, oui, il
a dit la vérité : il ne m'aime pas ; il ne

m'a jamais aimée , et c'est une autre qu'il aime. Tel était le triste refrain que je répétais sans cesse. Cependant je ne pouvais découvrir qu'il me préférât personne. Jamais le vif éclat de ses yeux expressifs ne m'avait permis se fixer sur aucune femme avec la douceur enchanteresse de l'amour.

Néanmoins il passait souvent dehors des jours et des nuits ; alors l'extravagance de ses dépenses n'avait point de bornes. Quand je fus capable de veiller à mes affaires , je reconnus , contre mon attente , que mon père n'avait point changé ses dernières volontés ; après son dernier séjour à Londres , que le legs qu'il faisait à mon mari n'avait subi aucune diminution. Ce legs s'élevait encore à une somme de plusieurs mille livres sterlings.

D'après les conditions de celui qu'il m'avait laissé en espèces ; je pouvais seule en toucher l'intérêt ; mais j'avais un fief d'un revenu considérable , et si ce n'était que mon mari n'aimait pas à se

voir obligé de recourir à moi pour obtenir la portion de mon revenu que ses
besoins lui rendaient nécessaire , j'étais
fondée à croire qu'il devait être satisfait
du testament , surtout , puisque son
legs se trouvait plus fort qu'il n'avait
jamais pu l'espérer.

Cependant j'appris que cet argent
était entièrement dissipé , peu de temps
après qu'il l'eut touché, et je commençai
à craindre que le jeu ne fût le gouffre
qui dévorait toute sa fortune. J'avais
été en effet long-temps la seule à ne pas
connaître sa passion pour le jeu, et
tous les désordres de sa vie. Mais comment pouvait-il en être autrement ? Personne n'oserait avertir des erreurs de
son mari une femme qui se respecte , et
qui se montre dévouée à ses devoirs.
Car aucune femme digne de respect ne
prêterait un moment l'oreille à des rapports offensans, si quelqu'un était assez
hardi pour lui en faire. Il semblait ainsi
que je dusse toujours rester étrangère à
l'immoralité de mon mari, ou n'en être

10*

avertie que par ses résultats ruineux.
J'ajouterai qu'avec cette manie de défiance, qui était l'un des traits de son
caractère, il craignait qu'on ne me parla
de sa conduite, et que je ne cédasse à
une curiosité répréhensible, en prêtant
une oreille avide à des rapports. Il par-
vint donc à me faire peu à peu éloigner
mes anciens et intimes amis, sous prétexte qu'il était jaloux de mon amour,
et qu'il ne voulait pas qu'aucun autre
que lui eût part à mon affection.

« Une autre preuve de sa tyrannie et de
mon obéissance fut l'ordre qu'il me si-
gnifia de cesser tous mes chants, parce
qu'en général, il détestait la musique,
et mon exécution en particulier ; il me
déclara que quelquefois étant sur le point
de rentrer à la maison, la crainte d'entendre mon ramage infernal l'avait
chassé. A l'entendre, d'ailleurs, je chan-
tais avec trop d'habileté pour une femme
bien élevée, et comme il ne pouvait y
avoir de plaisir pour moi à déployer ce
talent, qu'autant qu'il aurait pu être

agréable au seul homme auquel je devais
chercher à plaire, mon devoir était d'y
renoncer : ce fut une rude épreuve pour
ma patience : mais enfin, j'obéis.—Oh!
mistriss Derville, combien je vous portai
envie, lorsque vous me dites que votre
mari se plaisait beaucoup à vous entendre chanter ! ne vous rappelez-vous
pas ce que je vous dis alors?

« Vers ce tems, ma vie fut marquée par
un événement important pour moi. Ma
mère avait un oncle qui n'était pas beaucoup plus âgé qu'elle, et qui avait pour
elle et pour mon père la plus vive tendresse. Il avait été le compagnon d'études de mon père, et précisément à l'é-
poque du mariage de celui-ci, il était
parti pour l'Inde avec un emploi lu-
cratif.

« A son arrivée dans ce pays, il écrivit
à mes parens que son plus vif désir était,
si ma mère avait des enfans, que l'un
d'eux portât son nom de Baptême. Il
s'appelait Louis. Si c'était un garçon, il
devait porter ce nom ; si c'était une fille,

elle s'appellerait Louisa. Je fus le troisième enfant qu'eût ma mère, et le seul qui vécut. Je fus donc nommée Louisa, et un ami de M. Arlington me tint pour lui sur les fonts de baptême.

« Pendant la première année de son séjour dans l'Inde, il écrivit régulièrement à mes parens. Mais il avait cessé d'écrire depuis plusieurs années, lorsqu'un jour que j'étais assise tristement dans ma chambre, on m'annonça qu'un gentilhomme du nom d'Arlington desirait me voir. Il me vint sur-le-champ à l'esprit que ce pouvait être l'oncle de ma mère, et je me hâtai d'aller à sa rencontre avec une joie qui me rendait toute tremblante. Je ne m'étais point trompée, et pendant quelques instans il mêla ses pleurs aux miennes au souvenir de mes chers parens.

« Son arrivée me parut un adoucissement à mes souffrances domestiques; car je voyais son cœur sympathiser avec le mien dans nos communs regrets pour ceux que j'avais perdus.

« Le plaisir que je goûtais dans la société
de cet excellent homme, en qui je trouvais l'affection d'un véritable parent,
n'était troublé que par la crainte qu'il ne
découvrît que mes chagrins dont je ne
pouvais toujours réussir à cacher les traces, avaient moins pour cause la mort
de mes père et mère, que la vie habituelle
du maître de ma destinée. Mais la conduite de mon mari me rendit ma tâche
beaucoup plus facile. Il savait que la fortune de mon oncle était immense. Cet
oncle, vieux garçon, était mon parrain.
Seymour se décida à employer tous ses
soins pour se concilier sa bienveillance,
dans la vue de l'engager à me laisser à
sa mort toute sa fortune, dégagée des
restrictions que mon père avait appor-
tées à la jouissance de ses biens. Il vit
que M. Arlington aimait beaucoup la
musique et le chant. Il révoqua donc la
défense dont j'ai parlé, et j'eus non-seulement pour moi-même la satisfaction
de reprendre l'exercice d'un talent que
j'aimais, mais encore le plaisir plus

grand de me rendre agréable à un parent
que j'avais appris à chérir d'une amitié
sincère.

M. Arlington prenait très-souvent ses
repas avec nous, et j'avais si rarement
occasion de voir mon mari dans d'autres
momens, que si ma vie n'était pas heureuse, elle était du moins tranquille.
Ma plus grande peine était alors quand
je voulais secourir des malheureux, devoir que mon éducation m'avait appris
à remplir exactement, de trouver mes
ressources trop constamment épuisées
par les attaques réitérées que mon mari
faisait à ma bourse. Si je m'avisais de
lui dire que quelques sommes étaient
destinées à certains emplois, je ne pourrais trouver de langage assez énergique
pour exprimer son mépris pour ce qu'il
appelait des aumônes : il avait l'habitude
de me rappeler qu'il existait des lois en
faveur des pauvres, et qu'elles suffisaient
bien pour assurer des secours à mes
aimables protégés.

« Deux fois, dans de pareils momens,

on annnonça M. Arlington. Ma physionomie que je n'avais pas eu le temps de
composer, ne trahissait alors que trop
ce qui se passait dans mon âme; mais
mon époux toujours prompt à dissimuler, se remettait sur le champ, pour recevoir son hôte avec le sourire le plus
engageant. Quand il s'apercevait que le
vieillard examinait mes regards, il expli-
quait froidement mon air mécontent,
en disant que s'il n'avait pas été doué
de quelque prudence, ma bienfaisance
respectable, mais indiscrète, nous aurait ruinés tous les deux, et que précisément à l'instant il était, à son grand
regret, occupé à me prouver que tel
qui affectait la pauvreté, était souvent
plus riche que celui qu'il importunait
de ses demandes.

« Il était possible peut-être d'en imposer deux fois à M. Arlington, avec un
pareil conte; mais une troisième tentative ne pouvait pas réussir, et je vis qu'il
regardait mon mari avec l'air dédai-
gneux de la défiance.

« Deux fois cependant il prit le parti de paraître l'en croire, et quand nous fûmes seuls, me rappelant que j'étais à la fois sa nièce et sa filleule, il me demanda si ce que contenait sa bourse pourrait m'être agréable, et je ne balançai pas à lui répondre affirmativement.

« Au moins jouissais-je depuis près d'un an de la consolation que me procurait la société de ce respectable vieillard, avec l'approbation de mon mari, dont les attentions pour lui ne se démentaient pas. Mais, je n'étais que trop certaine que M. Arlington était au fait de mes peines dans toute leur étendue; il en savait même à cet égard beaucoup plus que moi, comme je l'appris par la suite; car on lui avait fait des révélations dont on n'eut pas osé effaroucher mes oreilles; et quoique pour éviter de me causer des chagrins il eût traité M. Seymour avec beaucoup de politesse, il était évident, même pour moi, que les sentimens qu'il

conservait pour lui n'étaient pas ceux
de l'estime. Ce fut pendant ce dernier
mois de l'année que M. Arlington acheva
Lawn-House, avec les bâtimens qui en-
tourent cette résidence, et qu'il y ajouta
des bains, un théâtre, et toutes ces ma-
gnificences du luxe que vous avez vues
avec admiration, même avec envie. Dites-moi maintenant si vous pouvez encore me rien envier?

« Ce vieillard m'était devenu cher au
plus haut point, et ne m'était pas moins
utile. Je trouvais en lui un chaperon
pour les spectacles et les assemblées. Je
n'avais besoin de recourir à personne
autre pour faire avancer ma voiture, et
me protéger dans la foule. Les oisifs à
la mode se fussent empressés de s'offrir
pour être les chevaliers d'une dame qui
passait pour avoir à se plaindre de son
mari, et qui, malgré les traces de ses
chagrins, était encore réputée digne de
fixer leurs regards. Grâce à M. Arlington
j'étais affranchie du joug de leurs services,

« Lord N... votre admirateur, Jenny, témoignait, à cette époque, le désir de se constituer mon officieux conducteur. Mais il reconnut bientôt que tous les moyens de plaire étaient en pure perte avec une femme qui se serait crue dégradée plutôt qu'honorée par ses cajoleries, et il fut assez sage pour renoncer au projet de faire parler de nous, au moins de cette manière.

« Mais le bien le plus précieux que m'procura le retour de M. Arlington en Angleterre fut de m'arracher au sentiment d'un abandon absolu, la plus pénible, et à peu près la plus cruelle de toutes les affections douloureuses, après les angoisses du remords. Quand j'avais perdu mon père, et que j'avais cessé de croire à l'amour de mon époux, lorsque j'avais vu s'éloigner les amis de mon enfance, et que celui qui m'avait réellement aimée, et qui, sans doute, s'intéressait toujours à mon sort, était allé résider dans une terre étrangère, je m'étais regardée comme isolée dans

le monde : la richesse ne me paraissait
plus qu'une illusion ; les liaisons ordinaires que des badinages sans intérêt,
les spectacles publics que des frivolités
fades, les talens que de vaines distinc-
tions. Je ressemblais à une personne
qui voudrait étancher sa soif dans un
jardin où il ne trouverait que des fruits
d'or, et du vif-argent, au lieu d'eau.

Les affections de mon cœur étaient
flétries. La découverte de l'indignité de
l'objet de mon attachement m'avait
rendu l'amour méprisable et odieux.
J'errais au hasard, comme Saint-Léon,
dans le roman de ce nom, sans pouvoir
éprouver un sentiment de sympathie
avec aucun des êtres au milieu desquels
j'étais condamnée à vivre.

Mais à l'arrivée de M. Arlington, mon
cœur se rouvrit au plaisir d'aimer et
d'être aimée. Avec lui je pouvais parler
de tout ce qui m'avait été cher : j'avais
la certitude de contribuer à son agrément, même à son bonheur, auquel
je pouvais me croire nécessaire : avec

ce sentiment, il m'était moins difficile
de supporter avec résignation les épreuves que m'imposait ma situation. La
jalousie me faisait à la vérité toujours
sentir ses tourmens : mais n'ayant aucun
objet fixe, l'amertume de cette passion
s'adoucissait peu à peu, et d'autant plus
facilement que les vices toujours crois-
sans du caractère de mon époux ne
pouvaient manquer d'affaiblir par une
gradation lente et insensible, mais dont
l'effet n'était pas moins certain, mon
attachement pour lui.

« Mais une nouvelle infortune m'était
réservée : c'était la mort de cet oncle
chéri : un abcès au cœur me l'enleva au
moment où je m'y attendais le moins.

« Il mourut à Lawn-House. Mon mari
s'y rendit pour assister aux funérailles,
et être présent à la lecture du testament.
Mais il espérait que le défunt n'en aurait pas laissé : dans ce cas, tous les biens
de mon oncle eussent été à sa disposition, puisque j'étais l'héritière légale
de M. Arlington; mais Seymour fut

trompé dans ses espérances. On trouva
un testament dont la lecture le couvrit
de confusion, et déconcerta ses projets.
Ce testament avait été rédigé sous la
dictée des jurisconsultes les plus éclai-
rés : il portait que toutes les propriétés
foncières et mobiliaires de M. Arlington
m'appartiendraient à sa mort, aux
conditions suivantes : savoir, que je ne
pourrais rien distraire de ces propriétés
pour mon mari, (tant que Sedley Seymour jouirait de ce titre) pour quelque
cause, et de quelque manière que ce
fût. Il m'était même interdit de lui faire
aucun présent, et il ne pouvait, sous
aucun prétexte, s'ingérer dans la ges-
tion de mes biens. A la moindre infrac-
tion de ces conditions, et sur la preuve
que l'on en produirait contre moi, les
biens-fonds devaient passer au plus
proche héritier légal, après moi, quelqu'il pût être, et le mobilier à la personne qui m'aurait convaincue de dé-
sobéissance. Dispositions généreuses
d'un homme excellent, qui avait bien

observé , mais qui se montrait peu ju-
dicieux dans sa manière de me faire du
bien.

«Cette manière de venger mes injures
après sa mort, proclamait trop hautement les torts de mon époux envers
moi. En blessant son amour propre , en
anéantissant ses espérances , ce testament ne faisait qu'aigrir la plaie. Je
n'essayerai pas plus de retracer que je
n'oublierai la scène qui signala son retour.

«Je me voyais maîtresse d'une fortune
immense , dont je pouvais disposer librement , et sans être contrôlée : et je
pouvais envisager avec joie la perspective qui m'était ouverte : mais un don
si magnifique n'avait rien pour moi
d'aussi précieux que la société du do-
nateur , et malgré le reproche d'hypo-
crisie que m'adressait mon époux , j'é-
tais profondément affligée de la perte
de mon oncle.

«J'avouerai cependant qu'il était douloureux pour moi de ne pouvoir suivre

les inspirations de mon cœur dans l'emploi de ma fortune. — J'aurais voulu
la consacrer à mon cruel... mais toujours cher époux. — Il jurait néanmoins
n'en vouloir rien croire, et quelquefois, pour me tourmenter, il feignait
de penser que j'avais dicté le testament.
Mais je savais qu'il parlait contre sa
pensée, et je fis pour lui tout ce que je
pouvais faire. J'achetai de beaux chevaux, des voitures magnifiques : je donnai des repas splendides. Il disposait
des équipages, et invitait qui bon lui
semblait. Quand Lawn-House fut prêt,
j'y invitai toutes les personnes dont la
société lui était agréable ; mes curateurs
dépositaires de ma dot avaient jusque-
la refusé, et avec raison, de se dessai-
sir, malgré toutes mes instances, de la
moindre partie de leur dépôt pour les
besoins de M. Seymour ; mais sur l'assurance que je leur donnai qu'une somme déterminée le mettrait à l'aise et à
l'abri de toutes poursuites, je les décidai à la lui compter ; j'avais en effet

la certitude d'une fortune beaucoup
au-dessus de mes besoins, et à l'abri de
tout danger , à moins que je n'eusse la
folie de la dissiper moi-même.

« Persuadés par mes représentations,
mes curateurs cédèrent à mes désirs.
Cependant, pour l'intérêt même de
Seymour , je ne voulais pas qu'on lui
donnât plus d'argent qu'il ne lui en fallait réellement.

« Mon histoire, à ma grande satisfaction , tire à sa fin , et je n'ai plus à raconter qu'un seul événement.

« Je me promenais un matin, suivi d'un
domestique, à proximité d'une boutique
de lingerie où je me fournissais. Surprise par une averse , j'entrai dans la
boutique , avec l'intention d'y acheter
ce dont j'avais besoin. J'y trouvai une
jeune dame accompagnée d'une nourrice et d'un enfant. Elle était si jeune
et si belle , elle avait l'air si attrayant ;
que je la contemplais avec l'expression
de la surprise et de l'admiration. Quand
on me demanda ce que je désirais , je

pris une chaise, en disant que j'atten-
drais que la jeune dame fût servie (la
vérité était que je voulais la contem-
pler à mon aise ;) mon procédé m'attira de sa part un doux sourire , et une
inclination de tête ensigne de remer-
cîment. Se retournant , dans ce moment , elle caressa son enfant , qui paraissait avoir environ deux ans. Je fus
étonnée d'apprendre qu'il était à elle :
car sa figure n'annonçait pas plus de
dix-sept ans. « Voilà un bel enfant, lui
dis-je !

« Il est à moi, dit-elle en souriant. »

« Mais il ne vous ressemble pas, quoiqu'il soit très beau. »

« C'est tout le portrait de son père,
répliqua-t-elle ; et elle s'occupa de ses
emplettes.

Je jouais pendant ce tems avec le petit
garçon , qu'attiraient près de moi la
chaîne d'or et les autres ornemens que
je portais, et, tandis qu'il me regardait,
je cherchais avec surprise, (car ses yeux
me frappaient, comme s'ils m'eussent

1.

été bien connus) qui pouvait être son père à qui il ressemblait si fort.

« La pluie tombait alors par torrent. J'envoyai donc mon domestique chercher ma voiture ; la jeune dame ayant terminé ses emplettes, pria qu'on les lui envoya chez elle. « Votre nom, madame; demanda le marchand ? j'écoutais attentivement, elle répondit : « mistriss Sedley Seymour » et indiqua la rue et le numéro de la maison. Mais je n'entendais plus rien ; un soupçon cruel m'avait serré le cœur : je croyais avoir à la fin découvert ma rivale, et je voyais qu'en jouissant de mes droits, elle portait encore mon nom.

« Le marchand s'apperçut que je pâlissais, et craignant que je ne m'évanouisse, la demoiselle de boutique me conduisit dans une chambre derrière le comptoir où était un sopha. Celle qui usurpait mon nom sans s'en douter, lui donna un flacon de sels pour m'en faire respirer. Mais rappelant toute mon énergie, je parvins à vaincre ma faiblesse : je me jetai

sur le sopha; mais je ne m'évanouis
pas. Je repassai dans mon esprit toutes
les raisons qui pouvaient me faire croire
qu'il s'agissait d'un autre Sedley Seymour, quoique ce nom fût très rare, et
à tel point, qu'au dire de mon mari
même, il se croyait la seule personne
vivante de ce nom. Il pouvait cependant
se faire qu'il se fût trompé, et rien ne
pouvait m'engager à croire que cette
femme jeune et belle, que j'avais sous
les yeux, et dont la physionomie annonçait l'innocence, ne fût pas aussi honnête
qu'elle paraissait l'être.

« Mais je veux, me dis-je à moi même
éclaircir ceci à fond. Cependant, je
doutai un instant que j'eusse le droit, en
supposant mes craintes fondées, de surprendre ainsi les secrets de mon mari;
mais un sentiment qui l'emporta bientôt
sur toute considération, me pressait de
m'éclairer autant que je le pourrais. Revenue tout-à-fait à moi, je rentrai dans
la boutique; celle qui, sans le savoir, était
cause de mon accident, vint au-devant de

moi, et s'informa de ma santé du ton
le plus aimable. Son air, et la vue de
l'enfant, qui me parut alors tout le portrait de M. Seymour, furent sur le point
de me bouleverser de nouveau. Ma voiture était arrivée dans l'intervalle, et la
pluie continuait : après avoir réfléchi
un moment, j'offris de reconduire la
belle inconnue. Ses refus, ses excuses
sur la gêne qu'elle me causerait, sur ma
maladie ; sur la foule etc., me convain-
quirent qu'elle ne demandait pas mieux :
j'étais décidée à l'accompagner, et j'y
réussis. Elle demeurait à l'extrémité
d'Upper Backer street : dès que nous
fûmes montées en voiture, je fis mes
efforts pour lui adresser quelques questions indispensables. Telle que : « cet enfant est-il votre aîné? » Oh ! oui. Il n'y
à pas encore trois ans que je suis mariée.

« Mariée, répétai-je intérieurement.
Ce mot me rendit l'espérance : « A vous
voir, repris-je, je n'aurais pas cru que
vous fussiez mariée depuis si longtemps.

« Pardonnez-moi, et promise long-temps auparavant, car je l'étais avant l'âge de quinze ans, et j'aurais été mariée dès lors. Mais mon mari qui était en recrutement dans le pays de Galles où je demeurais, n'était que lieutenant de dragons, sans fortune, et je n'en avais pas non plus.

« Dans quel régiment servait votre mari ? et elle nomma M. Seymour.

« J'avais gardé ses sels dans ma main, et ce fut fort à propos; car ils me préservèrent de tomber de nouveau en faiblesse.

« Quel malheur, dis-je, quand la pauvreté empêche deux personnes qui s'aiment de s'unir !

« Il est vrai, répondit-elle. Mais heureusement, il y a précisément trois ans, la mort de mon père, et le départ de mon frère pour les Indes, me laissèrent maîtresse d'une fortune assez considérable ; j'écrivis à mon amant. Il arriva, et nous nous mariâmes. Je fus, je vous assure, ravie de le voir ; car j'avais lu dans les gazettes le mariage de

Sedley Seymour écuyer, avec une miss Fortescue, et je craignais que ce ne fût lui.

« En vérité, m'écriai-je, et je sentais que la tête me tournait.

« Oui, et je le lui marquai dans ma lettre : mais quand il revint, il me dit, que c'était un de ses oncles qui avait épousé une très-belle héritière.

« Combien elle était éloignée de découvrir cette rare beauté dans la malheureuse, pâle et maigre qui tremblait devant elle. Comment me fut-il possible de demeurer maîtresse de mes sens, je l'ignore : mais je conservai l'empire sur moi-même, quoiqu'il me fût impossible désormais de douter de l'horrible vérité.

« Mais j'ai réfléchi depuis que deux idées m'avaient soutenue, en me rendant moins amer le sentiment de mon malheur. L'une que probablement le besoin d'argent, autant et peut-être plus que l'amour, avaient porté Seymour à épouser cette jeune infortunée,

dont la lettre était venue le tenter;
l'autre, qu'il ne l'avait pas séduite, et
qu'à la vue du ciel, et même des hommes, elle était aussi innocente que s'il
ne l'eût jamais vue.

« Oui, quelque grand que fût son
crime envers elle et envers moi, cette
dernière pensée me fit éprouver un
degré de consolation qu'aucunes paroles n'eussent pu me procurer.

« Aussitôt que j'eus appris d'elle tout
ce que j'avais besoin de savoir, et sa
simplicité verbeuse avait rendu ma tâche
fort aisée, je me plaignis de me trouver
malade (cela n'était que trop vrai); ce
fut une excuse pour le silence absolu
auquel je me réduisis, pour être en état
de résoudre comment je devais agir dans
la circonstance la plus critique de ma
vie. Car quel chagrin peut égaler celui
de trouver l'objet auquel on s'est donné,
si complètement méprisable, et indi-
gne de notre amour?

« Par moment, je trouvais cruel de
déchirer le voile qui cachait à cette

pauvre femme sa véritable position.
Car, tant qu'elle se croyait légitime
épouse, elle était innocente ; mais
aussi, en ne l'éclairant pas sur cette
position, je devenais complice du crime
de mon mari. Alors même elle n'était
qu'une femme innocente. Si, lorsqu'elle
saurait la vérité, elle se décidait sur le
champ à le quitter, elle s'élevait jusqu'à la vertu, et mon devoir était de
lui en procurer l'occasion. Mais en me
rappelant qu'il me fallait couvrir de la
rougeur de la honte ce front si beau et
si ouvert, je sentis mon cœur défaillir ;
je sentis que c'était la tâche la plus pénible, la plus dure épreuve que les vices
de mon époux eussent pu m'imposer.

« A la fin nous arrivâmes : je me trouvais réellement mal ; elle me proposa
de me reposer, civilité à laquelle je
m'attendais, et que j'étais résolue d'ac-
cepter. Permettez-moi d'avouer ma faiblesse : depuis que je savais qui était son
père, la vue de l'enfant, assis vis-à-vis
de moi, m'était presqu'insupportable,

par la quantité de souvenirs accablans qu'elle me rappelait, et je tenais fréquemment les yeux fermés, pour m'affranchir de cet aspect. »

« Pendant que cette pauvre innocente créature, sans prévoir le coup qui la menaçait, était sortie pour me procurer quelques gouttes de lavande, j'examinais la chambre; l'ameublement en était plutôt propre qu'élégant, et le premier objet qui frappa ma vue, ce fut un portrait de M. Seymour. Il lui ressemblait si bien, c'était si bien luimême avec l'expression de sa physionomie, dans les momens où il était le mieux disposé, que je pris le parti d'en détourner mes regards. Je ne voulais me le représenter que sous l'aspect que son cœur et son caractère lui faisaient prendre en ma présence, et je portai la vue ailleurs. La pauvre Emilie, (c'était le nom de l'infortunée,) rentra alors dans ma chambre. Je pris les gouttes qu'elle m'apportait, et elle s'assit à côté de moi.

11*

« Notre maison est petite , dit elle :
mais nous n'y recevons personne : la
famille et les amis de mon mari ont une
fortune supérieure à la sienne; et comme
il ne pourrait leur rendre les civilités
qu'il en recevrait, il ne m'a présentée
à aucun d'eux. Cependant aucun de nos
parens n'ignore notre mariage : mais
pourvu que je le voye, je suis heureuse.
Toutefois hélas, je le vois bien peu : il
a un emploi qui absorbe une grande
partie de son temps, et il a aussi, en
province, un oncle âgé auquel il est
forcé de rendre des devoirs assidus :
aussi rarement passe-t-il plus de deux
jours avec moi par semaine, et c'est
ordinairement le samedi et le dimanche.
Je me rappelai à l'instant qu'il avait
toujours prétendu aller passer ces jours-
là à la campagne chez lord N. A quels
mensonges, à quelles bassesses n'é-
tait-il pas obligé d'avoir continuellement
recours, pour tromper et tranquilliser
même cette créature si confiante ! Combien mon cœur saignait pour elle, et

que j'étais près d'exécrer celui qui avait détruit son bonheur. Et qui était ce malheureux ? pensée terrible ! c'était mon époux! Cependant, malgré tous ses crimes, je n'étais pas sûre d'être exempte au fond de mon cœur, d'une lâche faiblesse qui me portait à envier sa victime ; car il l'aimait, il l'avait toujours aimée, et vraisemblablement il ne lui avait jamais fait éprouver ces terribles accès d'un caractère indompté qui avaient rendu ma vie si misérable. Je dis qui avaient, car, dans le moment, j'étais bien résolue à ne jamais vivre avec lui ; j'étais décidée à l'abandonner à la misère que méritaient ses crimes.

« La matinée s'avançait, et cependant le courage me manquait pour remplir le terrible devoir qui m'était imposé. Mais j'élevais, en silence, mon triste cœur dans une humilité profonde vers celui qui seul pouvait me soutenir et me diriger; et, quand j'eus de nouveau retiré la main dont je m'étais couvert

le visage , ce fut avec la résolution d'accomplir mon devoir, sans plus hésiter.
Regardez , dit la pauvre Emilie , voici
le portrait de mon époux : et elle me le
mit en main (c'était une miniature)
avec un orgueil satisfait.

« Je vois que c'est le portrait de M.
Seymour , répondis-je froidement.

« Eh quoi , l'avez-vous jamais vu ?

« Oui , je l'ai vu, et je déplore l'heure
à laquelle je l'ai vu pour la première
fois. Mais c'est encore plus pour vous ,
pauvre innocente victime , que je déplore l'heure à laquelle vous l'ayez vu la
première fois vous-même. Pour moi,
hélas ! c'est mon devoir de vous apprendre à la déplorer aussi. La pauvre
créature crut que j'avais perdu la raison ,
et dans l'alarme que cette appréhension
lui donnait , ce fut pour elle un soulagement d'entendre ce que j'ajoutai.

« Elle tenait encore le portrait dans
ses mains ; je le pris , je le regardai, et
je versai un torrent de larmes. Elles me
firent du bien , et je fus bientôt en état

de poursuivre. Vous m'avez dit que
c'était le portrait de votre mari, et je
vous ai répondu: je vois que c'est le
portrait de M. Seymour : n'avez-vous
pas remarqué quelque chose d'évasif
dans ma réponse?

« Un non faiblement prononcé ex-
pira sur ses lèvres : elle était trop agitée
pour parler distinctement.

« Je voulais dire, pauvre malheureuse
abusée, mais innocente : car vous l'êtes,
et ce doit être votre consolation, que
c'était le portrait de M. Seymour, et
non pas de votre époux ; car il est le
mien : il est mon époux, je suis miss
Fortescue que Sedley Seymour a épou-
sée, et il n'a pas d'oncle.

« Je ne saurais comment peindre l'expression de sa physionomie, pendant
que je parlais. Elle fixa ses yeux sur moi :
son regard avait quelque chose de fa-
rouche, et avec une espèce de rire in-
sensé elle s'écria : Non, non, non, non;
c'est impossible.

« Plût à Dieu ! répliquai-je, avec une

émotion presqu'égale à la sienne ; mais
vous connaissez son écriture : lisez donc
ceci , et soyez convaincue. A ces mots ,
je lui remis un billet que j'avais par
hasard sur moi , après lui avoir d'abord
fait remarquer l'adresse.

« Je ne dînerai pas chez moi , aujour-
d'hui , Louisa : mais je compte me rendre
ce soir à votre cercle avec lord et lady
Nelvin. »

« Elle lut ; elle poussa quelques sanglots , et tomba sans connaissance entre
mes bras.

« Ce moment , qui , avec la vie , sus-
pendait en elle le sentiment de son malheur fut bientôt passé. Jamais je n'oublierai quel regard elle jeta sur moi
lorsque ses yeux se rouvrirent à la lumière. Il exprimait le désespoir , et
semblait en même-temps implorer sa
pitié. Se couvrant le visage de ses
mains, elle tomba à mes pieds et embrassant mes genoux , me conjura de
lui pardonner.

« Vous pardonner, pauvre enfant !

lui dis-je en l'embrassant avec tendresse, quel pardon avez-vous à me demander? Si vous avez usurpé mes droits, c'est à votre insu, et je le répète, souvenez-vous que vous êtes innocente; et si vous avez la force d'être vertueuse, je serai votre amie, votre mère, la mère de votre enfant : je puis, je veux vous sauver et vous protéger.

« Il faut sans doute le quitter. Le quitter pour jamais, s'écria-t-elle, dans une espèce de délire, et elle retomba dans un accès de désespoir qui fut long et terrible.

« En toute occasion, je n'aurais pas pu supporter la vue d'une scène aussi déchirante, d'une créature humaine aussi malheureuse. Que ne devais-je donc pas éprouver en songeant que le coupable auteur de son infortune était mon époux. Il s'en fallait peu que ma douleur ne dégénérât aussi en délire.

« Pour ne pas vous arrêter plus long-temps sur cette scène cruelle, j'ajouterai qu'après qu'elle fût revenue à elle, je

lui répétai qu'en continuant à vivre avec
Seymour , lorsqu'elle était instruite de
son crime , elle cesserait d'être innocente , et perdrait tout droit à mon estime et à celle des autres ; mais que si
elle avait le courage d'abandonner celui
qui l'avait trompée si indignement , sa
vertu alors lui mériterait l'estime et
l'amitié de tous ceux qui connaîtraient
son histoire.

« Elle reconnaissait la vérité de tout ce
que je lui disais : mais elle doutait de ses
forces. A la fin , elle me conjura de l'emmener à l'instant avec son enfant , et de
les soustraire tous deux pour toujours
aux regards de Seymour ; car , si elle le
revoyait , elle n'aurait jamais le courage
de le quitter.

«Oh! combien je plaignais cette enfant
naïve : combien je versai sur elle de
larmes de tendresse. J'oubliai qu'elle était
ma rivale : elle oublia aussi , j'aime à le
croire , que j'étais la sienne , ou plutôt ,
qu'elle ne pouvait être l'épouse de Seymour , tant que je vivais. Elle semblait

ne se rappeler que son offense involontaire, et le pardon que je lui avais
accordé.

« Je voulais, s'il était possible, accéder
à sa demande, et j'examinais si je l'em-
menerais avec moi, lorsque nous enten-
dîmes quelqu'un qui montait précipitamment, et Seymour entra tout-à-coup.
A sa vue, Emilie jeta un cri perçant, et
cacha son visage dans mon sein, tandis
que, fière d'être ainsi choisie pour pro-
tectrice de l'innocence outragée, et forte
du sentiment de la mienne, je conservai, à la vue du perfide, un air calme
et assuré.

«Il parut d'abord déconcerté, et perdit
un instant son effronterie ordinaire.

« C'est une conduite digne de vous,
madame, s'écria-t-il à la fin, d'épier
ainsi toutes mes actions, et de vous in-
troduire malgré moi dans une maison
qui ne reconnaît que moi pour maître.
Ici du moins, madame, je ne dépends
pas d'une femme vile et perfide, et je
puis m'affranchir de la vue d'un objet

qui m'est odieux : sortez d'ici, je vous
l'ordonne, en vertu de l'obéissance que
vous me devez, et dont vous faites pa-
rade.

« Après ce que je sais de vous, M. Seymour, répondis-je d'une voix et d'un
œil aussi fermes que mon émotion put
me le permettre, votre présence m'est
aussi odieuse que la mienne l'est depuis
long-temps pour vous; j'ai pu supporter
la violence brutale de votre caractère,
tant que j'ai été seule à en souffrir. Mais
l'injure que dans votre corruption vous
avez faite à cette jeune personne aussi
innocente qu'aimable, je ne puis ni la
pardonner ni l'excuser.

« Eh quoi! s'écria-t-il, sa rare beauté
n'est-elle pas mon excuse? regardez-la,
madame, en quoi, la fortune exceptée,
ne lui êtes-vous pas inférieure? Elle n'a-
buse pas de la vieillesse d'un riche parent, pour lui surprendre un testament
qui mette celui qu'elle prétend aimer
sous la dépendance de ses caprices. Oui,
madame, la fortune à part, elle vous est

supérieure en tout, en jeunesse, en
beauté, en bonté. Elle est aussi irréprochable que vous pouvez l'être. Hélas !
sans vous elle serait encore heureuse ;
car elle m'aime; et je la paie de retour.
Oui, sans vous, nous serions heureux.
Ecoutez, madame, en réparation du
tour maudit que vous m'avez joué,
accordez-moi un grâce.

« Laquelle ?—Votre mort, madame,
votre mort ! s'écria-t-il du ton d'un fréné-
tique, et lançant sur moi le regard d'un
démon. Votre mort ! que je puisse dédommager cet ange de tout ce qu'elle
souffre aujourd'hui, en lui donnant le
titre de ma légitime épouse.

« Je croyais avoir épuisé la coupe du
malheur. Mais entendre celui à qui j'avais
tout sacrifié, pour qui j'avais tant souffert,
me demander ma mort, afin qu'il pût en
épouser une autre, comme la seule faveur
qu'il fût en mon pouvoir de lui accorder,
fût pour moi un coup terrible qui me
plongea dans un désespoir presque égal
au sien. La malheureuse Emilie elle-

même s'écria : « ah Seymour, quelle horreur ! »

« Je me retire, monsieur, lui dis-je, avec effort, après un long et pénible combat contre moi-même, je me retire pour vous épargner un repentir qui suivrait de nouveaux excès : cette dame vous apprendra pourquoi je suis ici, et comment je m'y trouve. Dans l'énumération des avantages que cette infortunée a sur moi, vous en avez omis un, le plus grand de tous à mes yeux ; c'est qu'elle n'est pas votre épouse.

« Je sortis à ces mots ; Seymour qui ne m'avait jamais vu déployer tant de fierté, parut confondu, et je parvins à ma voiture sans obstacle ; mais quand j'arrivai chez moi, les domestiques me trouvèrent évanouie au fond du carrosse ; je ne pus quitter le lit, de deux jours : Seymour ne reparut pas pendant cet intervalle, et j'étais en peine de savoir s'il avait passé tout ce temps avec Emilie.

« Le soir du troisième jour, il revint, et se précipita dans ma chambre comme

un homme qui aurait perdu la raison :
« Où l'avez-vous cachée? où avez-vous
conduit Emilie et mon enfant, s'écria-t-il.
Rendez-la moi, ou craignez les suites
d'un refus : » En même temps il me
saisit le bras avec une violence qui m'arracha un cri de douleur.

« Vous a-t-elle quitté? noble fille,
m'écriai-je dans un transport de joie.

« Vous le savez bien, détestable hypocrite; dites-moi tout-à-l'heure où elle est.

« Vous savez bien que je ne suis point
une hypocrite, répliquai-je, jamais je
n'ai su feindre la douleur ni la joie. Si
elle s'est soustraite à votre protection,
je m'en réjouis et je l'honore; tout ce
que je regrette, c'est qu'elle ne se soit
pas réfugiée près de moi.

«Faut-il donc croire, dit-il en pâlissant,
qu'elle m'a quitté, et que vous ne connaissez pas son asyle? Alors je suis plus
malheureux qu'auparavant. Oh ciel! que
peut-elle être devenue ?

« Que peut-elle être devenue, en effet?
dis-je à mon tour; et Seymour, me voyant

réellement aussi alarmée que lui, me quitta aussi précipitamment qu'il était entré.

« Le lendemain matin, je reçus par la poste un billet d'une main inconnue; je l'ouvris, et je fus charmée de voir qu'il était signé « Emilie. »

« Il était daté d'une pauvre auberge, d'un faubourg. Elle réclamait pour elle et pour son enfant la protection que je lui avais promise.

« Ma résolution prise, mon plan fut exécuté à l'instant. J'ordonnai qu'une chaise de poste m'attendît au pont de Black-Fiars, où je me rendis dans ma voiture, emmenant ma femme de chambre avec moi. Arrivé à cet endroit, je renvoyai la voiture, je montai dans la chaise, et je me fis conduire à l'adresse indiquée; dès qu'Emilie me vit, elle se précipita dans mes bras.

« Vous et la vertu, vous l'avez emporté, dit-elle. Mais, ô ciel, que j'ai souffert! Tant qu'il resta avec moi, après votre départ, je crus que je ne pourrais ja-

mais le quitter. J'allai jusqu'à lui pro-
mettre de ne pas l'abandonner, quoique
je me sentisse coupable, si je vivais encore
avec lui. Sur mes assurances réitérées, il
alla à la campagne voir quelques courses
de chevaux. Mais des sentimens plus rai-
sonnables prirent le dessus, et avant son
retour, j'étais partie. Maintenant, con-
duisez-moi dans un lieu où je sois sûre
de ne jamais le revoir.

Je lui dis que j'étais venue dans cette
intention; je l'emmenai avec son enfant, et je la conduisis dans une maison
de campagne agréable et bien située que
j'avais héritée de M. Arlington : elle est
à environ dix milles de Loveland, et si
bien cachée au milieu des arbres, que
de la grande route il est impossible de
se douter qu'il y a une maison. Je la fis
passer pour une amie dont la santé exi-
geait un changement d'air; et, grâces à
mes soins, elle est, je l'espère, établie
dans cet endroit pour le reste de ses
jours. Avant de partir, j'engageai des
domestiques à son service, et je lui dis

que je lui ferais une pension égale au
revenu de sa fortune, qui sans doute
était dissipée ; je me chargeai en même
temps d'assurer un sort à son enfant.

« Au bout de trois jours, la voyant
assez tranquille, je retournai, le cœur
soulagé d'un pénible fardeau, à Lawn-
House, où j'avais donné ordre que ma
voiture vînt m'attendre, et je revins à
Londres.

« Voilà donc, Madame, me dit Seymour en me voyant, ce qui n'eut lieu
qu'une semaine après mon retour,
voilà donc comme vous vous conduisez
vous autres femmes vertueuses ! vous
quittez votre maison sans en instruire
votre époux, et vous restez plusieurs
jours absente sans qu'il sache où vous
êtes ! Une pareille conduite serait, je le
sais, le plus souvent blâmable, répondis-je ; mais la circonstance dans laquelle
je me suis trouvée était si impérieuse,
qu'il m'a été impossible d'agir autrement que je ne l'ai fait : songez d'ailleurs que je ne suis point allée seule ; j'ai

pris pour compagne de mon voyage et pour témoin de ma conduite une femme de chambre généralement respectée. — Avez-vous des nouvelles de votre Emilie, Monsieur?

« Non, et j'en suis désolé. En sauriez-vous?

« Oui, Monsieur : depuis que je ne vous ai vu, elle a imploré ma protection; je l'ai protégée et je la protégerai encore contre vous. — « Où est-elle? » — « Ne viens-je pas de vous dire que je la protégerais contre vous? Comment donc vous dirais-je où elle est? » — « Je veux le savoir. » — « Jamais vous ne le saurez de moi. »

« Je ne vous raconterai pas tout ce qui se passa; mais je crus apercevoir, malgré sa violence, qu'il se sentait délivré d'un fardeau, et que pourvu qu'il pût la voir de temps à autre, ce à quoi il espérait réussir en découvrant sa retraite, il était charmé que son entretien fût à la charge d'un autre.

« Et vous vous êtes réellement char-

gée de pourvoir à ses besoins et à ceux
de l'enfant, me dit-il : j'espère que vous
en avez bien agi. Songez, Louisa, qu'E-
milie est bien née, bien élevée, et accoutumée à l'aisance.

« Si j'en ai bien agi, en doutez-vous?
— «Non, sur mon honneur, je n'en
doute pas, répliqua-t-il avec plus de sensibilité qu'il n'en avait jamais montré : —
Non, Louisa, non; je vous rends justice, et je crois que sa pension est au-
dessus, bien au-dessus de celle que toute
autre que vous eût regardée comme suffisante. »

« Dans tout ce que j'ai fait, repris-je,
je n'ai cherché que l'approbation de ma
conscience, et elle me suffit. Mais pour
vous mettre tout à fait en repos, je vous
dirai que si je meurs demain....., ici ma
voix s'altéra, quand je me rappelai qu'il
avait souhaité ma mort, votre enfant
aura une fortune suffisante, et sa mère
n'aura pas un médiocre héritage à offrir
à son mari.

« Le regard qu'il jeta sur moi en ce

moment, est peut-être le seul depuis
notre mariage que je puisse me rappeler avec plaisir. Ses yeux se remplirent
de larmes, et sa figure exprimait à la
fois le repentir, la tendresse, je dirai
même le respect. Il porta ma main à ses
lèvres, et sortit à la hâte. Ce fut notre
dernière entrevue. Je ne l'ai pas revu
depuis.

« J'ai appris qu'il était allé le soir
même dans une maison de jeu, où il
était resté jusqu'à la nuit suivante. Y
ayant perdu tout ce qu'il avait joué; dans
un instant de désespoir, il se servit du
nom d'un de ses amis pour faire une
bassesse. Je n'ai jamais su les détails de
cette affaire, mais il est certain qu'il se
conduisit d'une manière que l'honneur
réprouvait, et que perdu de réputation
il fût forcé de s'expatrier.

« Tout en déplorant la cause de son
départ, l'effet me causa une vive satisfaction. Nous nous trouvions séparés sans
qu'il m'en eût coûté des démarches toujours pénibles. J'étais libre enfin de vi-

vre pour moi-même, et de cultiver dans
la retraite mes goûts favoris; ma joie ni
mon chagrin ne dépendraient plus du
caprice d'un tyran. Le premier usage
que je fis de ma liberté fut de quitter
tout à fait Londres, et de me retirer
à Lawn-House.

« Je fis tout ce qui dépendait de moi
pour adoucir le sort de mon malheureux époux. Le revenu des biens que
m'avait laissés mon père, était à peine
entre mes mains, que je lui faisais parvenir.

« Il me conjurait souvent de me relâ-
cher de ma rigueur, et de lui faire savoir
la demeure d'Emilie, puisque je n'avais
plus à craindre qu'il la troublât par ses
visites; mais je savais qu'il ne manque-
rait pas de lui écrire pour l'engager à
venir adoucir son exil en le partageant,
et je voulais épargner à cette infortunée
tout ce qui pouvait altérer sa tranquillité.

« Mais je sus qu'elle avait contre toutes les séductions un appui que je ne lui
connaissais pas: son éducation avait eu

pour base l'amour de la religion et de la
vertu, et c'était sa piété qui lui avait
donné la force de résister aux suggestions de son cœur.

« Aussitôt que l'on sut que Seymour
avait quitté l'Angleterre, et que je n'é-
tais point partie avec lui, sacrifice qu'il
n'avait pas même osé me demander,
après m'avoir dévoilé son véritable caractère, l'exécuteur testamentaire de
M. Arlington me remit une lettre qu'il
ne devait me donner, à ce qu'il me dit,
qu'au cas où je vivrais pour toujours séparée de mon mari. Cette séparation
était effectuée. La lettre me fut donc
remise. M. Arlington commençait par
me demander de quitter le nom de Seymour pour prendre celui d'Arlington,
prière à laquelle je me rendis sans peine.
Il me conseillait ensuite, lorsque je me
trouverais dans cette situation, la plus
dangereuse, disait-il, pour une femme
jeune et jolie (je n'avais encore que
vingt-sept ans), c'est-à-dire séparée
d'avec un mari libertin, de quitter Lon-

dres et le monde, et d'aller habiter Lawn-House ou toute autre de mes propriétés. C'était pour me rendre ce sacrifice moins pénible qu'il s'était efforcé de faire de Lawn-House un lieu enchanté, où tous les plaisirs innocens se trouvaient réunis; c'était dans cette vue qu'il y avait fait construire une salle de concert, une salle de bal et un théâtre, ainsi que des bains qui retraçaient le luxe et la magnificence de l'Orient.

« Amateur de la pompe et de l'éclat, accoutumé à la splendeur dans l'Inde, il me priait aussi de tenir toujours un état de maison égal à ma fortune, et digne de mes alliances du côté paternel et maternel. Il insistait pour que je ne sortisse jamais qu'en équipage à quatre chevaux, avec des coureurs en avant; je devais avoir des domestiques nombreux au château et pour la salle des bains, des rameurs pour les promenades sur l'eau; en un mot, tout cet attirail du luxe le plus splendide qui a tant excité votre admiration.

« J'étais charmée de demeurer à Lawn-House ; mais il m'était pénible de vivre avec tant de luxe et de magnificence, et je voyais avec chagrin qu'il avait pensé que la grandeur pourrait me dédommager de la perte du bonheur domestique : cependant, vous l'avez vu, j'ai rempli ses intentions à la lettre; je jouis du moins de la société de ces amis d'enfance que j'avais négligés pour plaire à mon mari ; je remplis les devoirs que m'impose une grande fortune ; je cultive mon esprit, et en comparant mon état présent avec ma situation passée, je me trouve heureuse.

« Mais je n'ai jamais pu oublier la déplorable erreur dans laquelle je suis tombée en me choisissant un époux : jamais je ne me suis pardonné d'avoir pu donner la préférence à un homme tel que Sedley Seymour.

« Ce n'était pas seulement ma persévérance dans un attachement désapprouvé par mes parens qui pesait sur ma conscience, c'était encore le défaut de

cette délicatesse que donnent l'instinct
et le goût de l'honnêteté morale et de la
vertu, défaut qui, lorsque je savais à
n'en pouvoir douter que Seymour était
un homme sans mœurs et sans principes, m'avait empêchée de sentir que
la pureté ne peut jamais sympathiser
avec la corruption, et que l'innocence
doit frémir de toute association intime
avec le vice.

« Seymour avait pu être calomnié,
on avait pu exagérer ses défauts ; mais
lui-même ne disconvenait pas que son
caractère ne fût vicieux, et que sa conduite ne fût dissolue. Comment donc
une fille attachée à la pureté des mœurs
et de la religion, pouvait-elle s'être crue
excusable de confier la garde de son
bonheur à un homme du caractère le
plus détestable, et celle de sa religion
et de ses mœurs à un sceptique et à un
libertin reconnu ?

« Mais j'avais trouvé dans ma faute
même un long et terrible châtiment de
mon erreur, et je l'avais supporté avec

d'autant plus d'humilité et de patience, que je sentais l'avoir mérité.

« Il me reste peu de chose à vous apprendre, si ce n'est que la pauvre Emilie que je vois souvent ici ou chez elle, a perdu son enfant, événement dont j'ai tâché de la consoler, en lui faisant envisager les circonstances funestes de sa naissance. Elle a fait la conquête d'un digne jeune homme des environs qui connaît son histoire, et qui, dans d'autres circonstances, parviendrait peut-être à lui plaire ; mais tant que Seymour vivra, elle est décidée à ne point se marier.

« Il vit cependant quoique dans l'exil ; il vit, je le crains, d'une manière que la vertu ne saurait approuver, et cette appréhension entretient toujours dans mon cœur l'affliction et l'effroi que j'éprouvai quand j'appris pour la première fois à quel point sa conduite blessait les lois de la morale ; mais voilà trois ans que nous sommes séparés, et le temps qui diminue insensiblement mon atta-

chement pour lui, affaiblira peut-être
peu à peu l'impression profonde du chagrin que me causent ses désordres.

« Il m'écrit quelquefois, et à présent
il me parle rarement d'Emilie; mais sa
dernière lettre marquait tant d'abatte-
ment et de désespoir, que s'il désire me
voir, je suis dans l'intention d'aller le
rejoindre.

«Maintenant, ma chère mistriss Derville, serez-vous surprise si j'ai été blessée de vous voir, pour quelques vains
plaisirs que je pouvais vous procurer,
balancer à retourner auprès d'un époux
tel que le vôtre? Vous étonnerez-vous
de mes regards désapprobateurs, quand
j'appris que cet époux si digne d'être
aimé vous attendait? et trouverez-vous
singulier que j'aie préféré, comme je
vous le dis alors, une retraite telle que
la vôtre à toutes mes richesses, quelque
grande que soit ma fortune?

« Des affections vertueuses peuvent
seules procurer le bonheur de la vie;
c'est une vérité dont j'ai acheté bien cher
la conviction.

« En finissant cet écrit, je dois vous
dire que malgré mon désir de vous peindre la situation réelle de la femme qui
excitait votre envie, et de vous montrer le dessous des cartes, désir que m'inspirèrent les sentimens dont je vous
voyais tourmentée, je ne me serais jamais déterminée à vous dévoiler aussi
complettement les torts de mon époux;
mais lorsque je vous fus redevable de
la conservation de ma vie, je sentis que
mon devoir était de vous donner la
preuve la plus signalée de ma reconnaissance, et j'ose espérer qu'en m'ac-
quittant envers vous, je n'ai pas violé
mes devoirs envers un homme qui, tout
coupable qu'il est, n'en est pas moins
mon époux; car ce n'est que sous le
sceau du secret le plus absolu que je
vous confie ce récit. Quand vous l'aurez
lu à votre époux et à vos enfans, je vous
conjure de saisir la première occasion
pour me le renvoyer.

                    LOUISA ARLINGTON.

Ce ne fut pas sans être obligé de s'in-

terrompre plusieurs fois, que Derville
lut ce manuscrit. Mistriss Derville fut
profondément affectée des souffrances
de son amie. La lecture fut souvent interrompue par Derville, qui se récriait
de surprise, ne pouvant croire qu'il pût
exister un pareil époux, et surtout une
femme semblable, ajoutait son fils.
Quand Derville eut fini de lire, sa femme
pleura long-temps, sans pouvoir se retenir, moins peut-être sur les malheurs
de mistriss Arlington, que sur l'ingratitude qui lui avait fait oublier à elle-même
la félicité dont elle jouissait.

Mais au milieu de son repentir, elle
trouvait une consolation dans l'espoir
que les avis de sa généreuse amie ne lui
seraient pas inutiles : elle comptait sur
l'efficacité du remède, et se jugeait complètement guérie. Elle sentait que si
mistriss Arlington lui devait la vie, elle
avait à cette dame une bien plus grande
obligation, celle d'un bonheur domestique désormais assuré.

« Eh bien ! Frédéric, dit mistriss Derville, que pensez-vous maintenant de mistriss Arlington.?

« Ce que j'en pense?. qu'elle fera bien de ne pas venir à Lovelands, reprit-il, en s'efforçant de cacher la profonde émotion qu'il éprouvait, sous le voile d'une plaisanterie.

« De ne pas venir à Lovelands, s'écrièrent-ils tous à la fois, eh pourquoi?

« De peur que je ne devienne amoureux d'elle : car peut - être alors, à l'exemple de son aimable époux, serai-je capable de vous dire : Anna, mourez, madame, mourez, c'est la seule faveur que j'attende maintenant de vous!

« Cher papa! je suis bien sûre que vous ne seriez jamais assez méchant pour cela, s'écria la petite Anna.

« Non, ma chère enfant, non, sans doute, et ce n'est qu'un badinage. Mais j'avoue que j'ai eu tort de badiner ainsi; car, en vérité, l'état effrayant de l'ame et des sentimens de ce méchant M. Seymour, est bien plutôt fait pour inspirer la plus vive compassion, qu'une mauvaise plaisanterie. Il ajouta que si mistriss Arlington avait passé rapidement sur ce point, ce n'était sûrement pas faute d'en être vivement affectée. Quant à lui, parlant sérieusement, il espérait qu'avant de mourir, M. Seymour donnerait à sa femme la satisfaction de le voir se repentir sincèrement de ses fautes.

« Oh! cher papa, s'écria la petite Anna, s'il pouvait seulement vous entendre prêcher, et surtout ce sermon sur la nécessité du repentir.

Derville ne put s'empêcher de sourire de la haute idée qu'avait Anna de son talent comme prédicateur, et l'exclamation de sa petite fille ne rendit pas moins tendre le baiser que lui donna sa mère en l'envoyant au lit, dès qu'elle eût remarquée qu'il était onze heures passées.

« Onze heures passées, maman, et je suis encore debout: que dirait mistriss Arlington, si elle savait cela? Alors, le cœur plein de pitié pour la pauvre mis-

triss Arlington, et fière d'être dépositaire
d'un secret qu'il ne fallait confier à personne, Anna, pour la première fois de
sa vie, se rendit dans sa chambre d'un
pas lent et mesuré.

Sally surprise lui demanda si elle
était malade : Anna, avec un petit air
important, répondit : « Non, mais je réfléchis. » Voyant qu'elle avait excité la
curiosité de Sally, elle éprouva le regret bien naturel de ne pouvoir confier
à sa confidente ordinaire toutes les
choses intéressantes qu'elle venait d'apprendre.

Le lendemain, ils écrivirent tous à
mistriss Arlington ; mais la lettre de
mistriss Derville pouvait se reconnaître
aux larmes dont elle était inondée,
larmes précieuses aux yeux de l'amie véritable dont les avis lui avaient fait abjurer
son erreur.

Le soir, ils reçurent de Londres une
caisse adressée à mistriss Derville. Elle
contenait un déjeuner de porcelaine,
avec tous les objets d'agrément que mis-

triss Derville avait admirés dans la salle
à manger de Lawn-House. Elle renfermait aussi la lettre suivante, datée de
Londres.

« Lorsque vous recevrez ce témoi-
gnage du souvenir de votre amie absente,
je serai en route pour aller revoir mon
époux malheureux : il a été bien malade : je sais, d'un ami sur lequel je
puis compter, que sa santé décline visiblement, et qu'il a quitté les environs
de Paris pour aller à Boulogne, dans
l'espoir que l'air de la mer lui sera favo-
rable. Cet ami ajoute qu'il est fort mal
logé, et qu'il manque des secours qui
lui sont nécessaires : vous croirez aisément que je n'ai pas hésité un instant à
partir pour Boulogne. J'y louerai une
maison, et j'inviterai le pauvre malade
à venir y loger, s'il le préfère. Adieu,
puissiez-vous être toujours aussi heureuse que vous méritez de l'être.

« Vos aimables lettres m'ont fait verser
de bien douces larmes. Vos sentimens,
vos expressions se sont trouvés parfai-

tement d'accord avec mes dispositions
et mes vœux. Je tiens en réserve dans
mon cœur le souvenir de l'assurance
que me donne ma chère petite Anna,
de ne jamais s'endormir sans avoir prié
Dieu de bénir et de consoler sa chère
mistriss Arlington.

« Encore une fois adieu, je vous écrirai
aussitôt que je serai débarquée.

« Votre amie toujours reconnaissante et dévouée,   L. A. »

Elle tint parole, et mistriss Derville
reçut bientôt la lettre suivante, datée
de Boulogne.

« Mon voyage a été court, ma traversée
heureuse, et j'occupe la maison la plus
grande et la plus aérée que j'aie pu trouver. Mon mari sait à présent que je suis
à Boulogne : je viens de lui écrire, et
j'attends sa réponse avec inquiétude :
j'apprends qu'il est fort mal, et qu'on
lui ordonne de voyager dans le midi de
la France, aussitôt qu'il sera en état de
supporter les fatigues de la route.

« Vous apprendrez sans doute avec
plaisir que j'ai rencontré à Boulogne
quelques parens éloignés de ma mère,
amis bien chers que je n'avais pas vus
depuis long-temps. — Lady Arlington
et ses filles ; son plus jeune fils, à présent son fils unique, est aussi avec elle.
— Ils doivent se rendre à Paris et à Rome,
mais il ne partiront point tant que
M. de Seymour sera dans l'état où il est
maintenant.

« Mon ambassadeur auprès de mon
pauvre mari est de retour. Il a été, dit-
il, très-affecté, à la nouvelle de mon arrivée, ainsi qu'à la réception de mon
message. Il accepte mon invitation, et
je me rends près de lui pour le faire
transporter ici. Oh! quelle entrevue, et
quelles nouvelles épreuves je vais avoir
à soutenir!

« Priez pour moi, mistriss Derville,
priez pour moi; je vous écrirai dans un
jour ou deux.

Cette lettre fut bientôt suivie de celle
que voici.

« N'attendez pas le récit de notre première entrevue, l'entreprise serait au-dessus de mes forces : quel changement dans ses traits ! qu'il est vieilli ! qu'il est maigre et pâle !

« Nous l'avons transporté, sans qu'il ait beaucoup souffert ; j'ai eu la satisfaction de voir qu'il n'était content que de mes soins et de mes attentions. Mais cette faible consolation devait bientôt faire place à l'affliction qu'il allait me causer.

« Lorsqu'il fut établi dans ma maison, et placé sur l'excellent lit que je lui avais fait préparer, il me fit appeler et me dit.

« Votre désir, Louisa, et sans doute de me faire croire que vous êtes venue ici uniquement pour moi.

« Je n'ai jamais voulu vous faire croire autre chose que ce qui est ; vous le savez ; c'est uniquement pour vous que je suis venue ici.

« Comment ! prétendez-vous me persuader que vous ignorez que sir Henry

Arlington est ici? (sir Henry Arlington
est cet ancien amant dont je vous ai
parlé.)

« Je ne le savais pas : mais je rougis
pour vous d'une semblable question, et,
pour moi, de daigner y répondre. Vous
me connaissez assez pour être sûr que
je ne suis venue ici que pour vous, et
que sir Henry Arlington est le dernier
homme que j'aurais cherché à rencontrer.

« Dans ce moment, sir Henry que
mon mari avait envoyé chercher, entra
dans la chambre, et, sans mes instances
réitérées, Seymour lui eût fait part de
ses soupçons et de ma réponse ; cependant il m'obéit pour cette fois. Mais il
fit sans cesse des allusions à tous les deux,
tant que dura la visite de sir Henry. Ce
n'était pas une preuve d'amendement
dans son caractère. Mais j'attends beaucoup des conférences qu'il a journellement avec mon estimable parent. Il veut
toujours avoir sir Henry avec lui, et en
piété éclairée, en force de raisonnement,

sir Henry n'a point d'égal. Je commence
à espérer. Adieu, ma première lettre
vous apprendra que nous sommes sur
la route de Nice, ou que tout est fini.

Ces derniers mots étaient écrits d'une
manière presqu'illisible, et mouillés
de larmes ; bientôt après on reçut une
autre lettre qui commençait ainsi :

« *Tout est fini ;* mais ne me demandez
aucun détail sur un événement qu'il
m'est aussi impossible d'oublier que de
décrire ; dans ce malheur, j'ai cependant
éprouvé une grande consolation. Tant
de remords ! Un repentir si douloureux de sa dureté envers moi, une reconnaissance si vive pour mon indulgence ! Oh puisse le créateur qu'il a si
long-temps et si cruellement offensé,
lui pardonner comme je l'ai fait.

« Nous serons long-temps sans nous
revoir mes chers amis ; car, ma santé
est délicate : elle exige un air plus doux,
et j'éprouve les besoins de voyager pour
me distraire. Je me propose donc d'accompagner lady Arlington et ses filles

à Rome. Je reste *en attendant* dans les environs de Paris, avec Jenny Arlington, jusqu'à ce que tout soit prêt pour le voyage d'Italie où sir Henry viendra nous rejoindre dans quelques mois.

« Je vous écrirai, *de* temps-en-temps; répondez-moi, sur le champ, je vous en prie, à Paris, *poste restante*. Adieu!

« Votre amie pour la vie,

L. A. »

Pauvre dame! s'écria Derville, lorsqu'il eut fini de lire cette lettre à son épouse éplorée, qui, dans cette occasion, partageait tous ses sentimens. Mais Jenny et Lionel étaient plutôt disposés à trouver mistriss Arlington heureuse, et à se réjouir de la voir enfin affranchie de liens si pesans et si peu dignes d'elle; retenus, cependant par les larmes de leur mère, et par l'exclamation de leur père, ils gardèrent le silence.

Mais Anna ne put s'empêcher de dire. — Comment papa! « pauvre dame? »

pouvez-vous appeler ainsi mistriss Arlington, à présent qu'elle n'a plus ce
méchant homme pour la tourmenter ?
sûrement, c'est une de ces pertes que
je vous ai entendu appeler des gains.

« Sans doute, c'en est un pour mistriss
Arlington ; mais elle a, ma chère enfant,
l'habitude pénible de s'occuper des
intérêts des autres autant que des siens
propres. Elle aurait désiré, j'en suis
certain, qu'il eût été dans les intentions
de la Providence d'accorder à son mari
le temps d'expier ses fautes et de se
corriger. D'ailleurs, en toute circonstance un lit de mort est toujours un
spectacle de douleur et d'effroi ; la séparation finale de ceux mêmes qui ne se
sont point aimés, quoiqu'unis par les
liens les plus étroits, est le moment d'une
épreuve cruelle ; et telle a été pour la
pauvre dame, le spectacle de la mort de
son époux. Ses réflexions sur la vie passée
de cet époux, et sur l'avenir qui l'attendait étaient pour elle également pénibles.
Je puis donc, Anna, répéter encore,

« pauvre dame! » et quand j'écrirai à ta
généreuse amie, je ne la féliciterai pas
de ce qu'elle recouvre sa liberté, de ce
qu'elle est délivrée de son persécuteur.
Je gémirai avec elle sur la dernière affliction qu'elle a soufferte. Cependant,
Anna, je me plais à espérer que c'est
réellement la dernière; oui j'espère
que quand le souvenir de sa douleur récente sera en partie effacé, les
jours qui lui sont réservés seront aussi
heureux que nous pouvons le souhaiter.

En ce moment Jenny et Lionel échan-
gèrent entre eux un regard significatif,
et un sourire d'intelligence : « Pour moi,
dit la petite Anna en les regardant, je
ne crois pas que mistriss Arlington se
remarie jamais. »

Le regard et le sourire n'avaient point
échappés à l'œil observateur de Derville. La pénétration et le commentaire
d'Anna l'avaient amusé; mais il se contenta de répondre : « Il est encore trop
tôt, Anna, pour former des conjec-
tures sur ce sujet. Cependant, mistriss

Arlington paraît si bien faite pour être bonne épouse et bonne mère, que si, parmi ceux qui la connaissent, il se présentait un homme qui fût réellement digne d'elle, je serais charmé d'apprendre qu'elle se serait remariée. »

« Pour moi, je serais charmée de la revoir, dit mistriss Derville, et le temps me paraîtra bien long jusqu'à ce qu'elle soit revenue d'Italie. »

Si cette dame eût été moins heureuse au sein de sa famille, le temps lui eût, en effet, paru bien long ; car un an s'était écoulé, sans qu'il fût question du retour de son amie, et mistriss Arlington avait écrit plusieurs fois, sans parler de revenir. Toutefois, chacune de ses lettres annonçait que sa situation devenait de jour en jour plus heureuse.

Cependant mistriss Derville avait réussi à mieux apprécier le bonheur de sa situation. Elle avait appris à comparer les avantages de son humble retraite avec l'éclat trompeur qui environnait mistriss Arlington, et la naissance d'un

second fils avait mis le comble à sa félicité.

Mais si mistriss Derville avait renon-
cé au désir d'embellir le presbytère, si
elle se plaisait à manifester une entière
satisfaction, son époux, aussi attentif
à lui complaire que reconnaissant, n'a-
vait pas oublié ses vœux; il était d'autant plus disposé à se les rappeler qu'elle
paraissait moins y songer.

Une charrette s'arrêta un jour à la
porte : elle était chargée de bagages qui
arrivaient de Londres : tous étaient à
l'adresse de mistriss Derville.

«Voici encore à ce que je crois, dit-elle,
quelque nouvelle preuve du souvenir
reconnaissant de mistriss Arlington ;
mais j'aimerais bien mieux la nouvelle
de son retour en Angleterre, et d'un
pélerinage à Lovelands.

Derville sourit, et aida à défaire les
paquets. Ils renfermaient une douzaine
de jolies chaises en acajou, couvertes
en maroquin, pour remplacer les
grandes chaises lourdes et gothiques

dont mistriss Derville s'était plainte à son retour. Une couple de chaises longues devaient aussi exiler le vieux sopha qu'elle avait condamné. Il y avait encore des rideaux et un béau tapis pour la salle à manger.

Mistriss Derville sut gré à sa nouvelle amie d'une marque de bienveillance qu'elle lui attribuait : cependant, son orgueil était quelque peu blessé de lui avoir encore une obligation de ce genre, et elle reçut ce beau présent d'un air assez calme pour désorienter son mari.

« Eh quoi, Anna! est-ce que vous n'admirez pas ces jolis meubles? vous ne dites presque rien.

«Pardonnez-moi, c'est tout ce que j'aurais pu désirer. Mais je n'aime pas à recevoir des présens si coûteux de la même personne. — En vérité, mistriss Arlington pousse la générosité trop loin.

« Mais mistriss Arlington est-elle la seule personne vivante, Anna, qui désire vous satisfaire, pour que votre ima-

gination lui attribue tout présent qui
vous arrive, et toute prévenance pour
vos besoins? »

Ce reproche fait avec tendresse, et
adouci par un sourire amical, en dé-
voilant la vérité à mistriss Derville, la
remplit de joie : sa physionomie exprima
la satisfaction la plus vive ; des larmes
brillèrent dans ses yeux, et elle s'écria :
« Je comprends tout maintenant, et si
quelque chose diminue le plaisir que
j'éprouve, c'est que vous vous soyez
rappelé ces momens de faiblesse que je
m'étais efforcée de vous faire oublier. »

« Toutes vos paroles, toutes vos actions sont gravées dans ma mémoire,
Anna. Les souvenirs du cœur sont ins-
crits sur l'airain. Si vous avez eu quelques momens d'une faiblesse bien excusable, oh combien vous les avez amplement expiés! »

C'étaient-là de ces jouissances du cœur
que la riche mistriss Arlington eût pu
envier à sa modeste amie. Jamais la première n'avait goûté, dans la distribution

des ornemens magnifiques qui déco-
raient ses appartemens, la moitié du
plaisir qu'éprouvait mistriss Derville à
ranger les présens de l'amour de son
époux. Nous ne pouvons cependant pas
dissimuler qu'au moment où on éloigna
ce sopha, l'objet d'un dédain passager, et
dont M. Derville avait rappelé et *fait
valoir si éloquemment* les anciens services,
sa femme, incapable de résister aux dif-
férens souvenirs qui vinrent l'assaillir,
fondit en larmes.

Il fut transporté dans le cabinet de
Derville, et son épouse l'assura qu'elle
espérait réellement s'y reposer toujours
avec plus de plaisir que sur ses nouveaux
meubles. Il en sera de même, répondit-il, que d'un vieil ami, que les tendres souvenirs de l'enfance nous ont
rendu cher. Nous l'accueillons souvent
avec bien plus de cordialité que l'ami
plus brillant que nous nous sommes
fait dans le monde.

Dix-huit mois s'étaient écoulés depuis
le départ de mistriss Arlington : Lionel

était retourné au collége pour la seconde fois. Jones était d'âge à prendre
la cure qui lui était destinée; enfin Jenny
et lui étaient sur le point de se marier,
lorsque mistriss Derville reçut une lettre
de son amie absente : cette lettre était
datée de Londres.

La date seule excita une joie univer-
selle dans la famille; mais quand on eût
lu la lettre, il fut d'abord impossible
d'arrêter les transports de joie d'Anna;
car cette lettre annonçait la prochaine
arrivée de mistriss Arlington à Lovelands. Son intention était d'y rester un
mois, si cela ne les gênait pas trop.
Anna, dans sa gaieté bruyante, courut
dire à Sally qui l'entendait, et à Nelly
qui ne la comprenait pas, que mistriss
Arlington arrivait, et qu'elle venait passer un mois à la maison; mais après que
ses premiers transports furent calmés,
la joie de mistriss Derville fut un peu
troublée. Elle avait un enfant qu'elle
nourrissait : elle craignait qu'au milieu
de ses occupations multipliées, il lui fût

impossible de veiller sans cesse à ce qu'il ne manquât rien à mistriss Arlington. Le sentiment des privations, le désir d'avoir beaucoup d'objets qui lui manquaient se réveillèrent en elle. Mais elle ne put s'empêcher de rire de ce retour de son ancienne faiblesse, et se rappelant le caractère de sa future hôtesse, sans faire attention qu'elle était seule, elle s'écria tout haut : « Quelle folie! ne connais-je pas mistriss Arlington? ne sais-je pas que l'accueil cordial de l'amitié est tout pour elle?»

La veille du jour où elle devait arriver, mistriss Arlington écrivit pour avertir qu'elle serait à Lovelands le lendemain soir, et toute la famille enchantée et dans l'impatience de l'attente, se prépara à la recevoir.

« N'est-il pas étrange, dit Derville, à son épouse et à ses enfans, que n'ayant cessé de me parler de mistriss Arlington et de sa beauté avec les plus grands éloges, vous ne m'ayez cependant pas encore fait la description de sa figure et de sa personne. Il est plusieurs genres de beauté : dites-moi donc du moins de quel genre est la sienne.

« Je crois, répliqua mistriss Derville, que sa figure est tout-à-fait grecque ; sa tête est d'une belle forme ; ses traits sont réguliers, et son profil agréable ; ses longs cheveux noirs n'ont pas besoin des recherches de l'art, sa coiffure est simple et *à l'antique*. Elle est très grande : son cou, ses épaules, son buste en un mot, sont les plus beaux que j'aie vus ; mais elle a la figure un peu maigre, les joues pâles, et le regard mélancolique. Cependant, si elle était plus grasse, et qu'elle eût plus de couleurs, elle aurait moins d'attraits à mes yeux ; elle me paraîtrait moins intéressante.

« Comment ! dit Derville, regardant son épouse avec tendresse ; j'avais toujours cru qu'un beau teint et un air de santé rehaussait beaucoup la beauté d'une femme.

« Mais, cher papa, dit Jenny, mistriss Arlington n'a pas l'air malade : elle n'a pas de couleurs, à la vérité, cependant, elle n'est pas non plus pâle, et quoiqu'elle paraisse un peu maigre, cependant, elle ne l'est pas tout-à-fait. Ses yeux noirs sont si beaux!

« Noirs, interrompit mistriss Derville. Noirs! elle à les yeux gris, d'un gris tirant sur le bleu, et très brillant; ce sont ses longs sourcils noirs qui font paraître ses yeux de cette couleur.

« Malheureux que je suis! s'écria Derville, du ton le plus pathétique. Je vois que cette enchanteresse, mistriss Arlington, a jeté un charme sur ma pauvre femme, et sur ma fille. Elle leur a fasciné les yeux : l'une dit que les siens sont noirs, l'autre dit qu'il sont gris. Jenny parle d'une pâleur qui n'est pas pâle; et d'une maigreur qui n'est point maigre.

« Oh! papa, je vais vous dire ce qu'il en est, dit la petite Anna. Mistriss Arlington est svelte, mais non pas maigre.

« Fort bien, Anna; mais de quelle taille est-elle?

« Ah! papa : elle est très grande. Ce-

13*

pendant non, pas si grande, pas trop grande, papa.

« Cela n'est pas très clair, Anna. Car à ton compte, elle serait grande, et ne serait pas grande. Allons, mesdames, le résultat de toutes vos belles descriptions, c'est que, pour savoir comment est mistriss Arligton, il faut que je la voye, et heureusement pour moi, elle arrive demain. Oh! avec quelle joie, avec quel empressement mistriss Derville et Jenny, qu'Anna voulut aussi aider, s'occupèrent de préparer la chambre de mistriss Arlington, et de tout disposer pour la recevoir.

Elle arriva, sans aucun train, dans une voiture ordinaire de voyage, avec des chevaux de poste, un seul domestique, et une femme de chambre.

M. Derville aurait désiré lui être présenté par quelqu'un de sa famille, mais il pensa que si sa femme et ses filles ne l'avaient pas dépeint plus exactement à mistriss Arlington qu'elles ne lui avaient dépeint cette dame à lui-même, il serait

obligé de décliner son nom, et de dire
« Je suis M. Derville. » Car, lorsqu'il vit
une dame grasse, avec de belles couleurs,
un air de jeunesse et de bonheur, souriant avec gaieté, dès qu'elle se fut arrêtée
à la porte, il pouvait à peine s'imaginer
que ce fût là cette mistriss Arlington,
qui devait être si maigre, si pâle, si
languissante : aussi, lors qu'il lui donna
la main pour l'aider à descendre, et
qu'elle lui eût dit : « c'est, sans doute à
M. Derville que j'ai l'honneur de parler,»
il répondit, en souriant à son tour : « oui
madame ; mais je ne suis pas bien sûr que
vous soyez mistriss Arlington : tout ce
que je puis dire, c'est que je le souhaite.»

Mistriss Arlington rougit et répondit
gaiement. Vous ne vous attendiez sûrement pas à voir une femme avec l'air de
santé que j'ai maintenant ; mais vous
apprendrez sans doute avec plaisir, que,
ce que j'ai perdu en délicatesse, je l'ai
regagné en bonheur.

Insensiblement la conversation s'engagea, et avant que les dames fussent

de retour, on eût dit que mistriss Arlington connaissait son hôte depuis long-
temps. A la fin ils aperçurent mistriss
Derville qui se hâtait d'arriver ou plutôt
qui accourait en avant de ses enfans. Car,
elle avait vu sa voiture, et savait que son
amie était au presbytère.

Derville courut à sa rencontre, tandis
que ses deux filles pensèrent le renver-
ser en se précipant dans la chambre.
« La pauvre mistriss Arlington, dit-il à
sa femme! Hélas, vous ne la reconnaîtrez
pas! »

« Eh quoi! répondit mistriss Derville,
en pâlissant, serait-elle malade?

« Non: mais elle a perdu le pouvoir
de vous intéresser; la pauvre femme a
pris tant de couleurs; a tant gagné d'em-
bonpoint, elle paraît si heureuse, sa
beauté a tant d'éclat!... Mistris Derville
n'eut pas le temps de répondre, car
mistriss Arlington vint à sa rencontre,
tenant Anna d'une main; et Jenny de
l'autre: à la vue de mistriss Derville,
quelques souvenirs firent pâlir son amie,

et remplirent ses yeux de larmes. Elle
ressemblait presque, dans ce moment,
à mistriss Arlington, telle que mistriss
Derville l'avait d'abord connue.

« Derville resta un instant pour jouir
de leur émotion et de leur joie. Faisant
signe ensuite à Jenny et à Anna de le
suivre, il laissa les deux amies en liberté.

« L'une avait beaucoup de questions
à faire, et l'autre beaucoup à raconter,
ou plutôt chacune des deux était empressée de savoir ce qui intéressait l'autre. Mistriss Arlington, avec le tact dé-
licat dont elle était douée, abrégeait son
récit, de peur de fatiguer l'attention de
son amie, et n'eut pas de peine à partager l'orgueil d'une mère, quand mistriss Derville se levant, lui dit : « Il faut
que je vous montre mon fils. » Elle aurait bien voulu aussi demander à mistriss Arlington ce qu'elle pensait de son
mari ; cependant elle n'en eut pas le
courage. Mais la véritable bonté du cœur
a souvent le don de deviner ; et comme
si cette dame eût réellement deviné les

idées de son amie, elle prévint ses questions et lui dit : « Je suis charmée que vous ne vous soyez pas trouvée ici à mon arrivée; votre absence m'a procuré l'occasion de faire sur le champ connaissance avec votre époux. Homme admirable! sa personne, sa figure, ses manières, remplissent parfaitement l'idée que je m'étais formée de lui : oui, l'enveloppe est digne du trésor qu'elle renferme. »

« J'étais sûre que vous penseriez ainsi, répondit mistriss Derville enchantée; et sa joie ne fut pas moins vive quand elle entendit son amie répéter que le petit enfant était le plus beau qu'elle eût vu, et le portrait de son père.

« Après le souper, mistriss Arlington dit, en rougissant et en hésitant un peu, j'ai à vous faire un aveu que j'aurais dû vous faire plutôt, puisque je n'ai point à en rougir. Vous.... vous vous rappelez que je me suis invitée moi-même à rester ici un mois.

« Oui, et nous espérons que vous
nous tiendrez parole.

« Oui, sans doute, je la tiendrai. Il le
faut bien ; car je vais me marier, mes
amis, et c'est par vous, par vous seul,
M. Derville, que je veux être mariée
dans cet asyle du bonheur conjugal.

« Nous avions eu quelques pressentimens à cet égard, répondit M. Derville, tandis que sa femme, embrassant
affectueusement mistriss Arlington, lui
dit avec ferveur, « puissiez-vous être
aussi heureuse que moi ! »

Mistriss Arlington leur apprit alors
que sir Henri Arlington avait renou-
velé ses instances pour obtenir sa main,
instances auxquelles une constance aussi
éprouvée, et le souvenir des vœux de
ses parens pour cette union, avaient
donné un nouveau prix à ses yeux : elle
ajouta que son cœur les avait agréées.
« Il doit, dit-elle encore, arriver ce soir
aux bains du voisinage, d'où il pourra
venir nous voir souvent. »

Après cette communication importante, on se sépara jusqu'au lendemain
matin.

A son lever, Anna, qui s'était couchée la veille avant que la famille fût instruite de rien, apprit que mistriss Arlington allait se marier avec sir Henri
Arlington, son parent, et fut excessivement curieuse de savoir quelle sorte
d'homme c'était. Sa mère et sa sœur
partageaient sa curiosité; et dès qu'ils
l'eurent témoignée, mistriss Arlington
leur dit que, sans être un bel homme,
son futur époux avait l'air noble et les
manières prévenantes : il a, comme je le
lui ai dit, le regard scrutateur et pénétrant d'un diplomate ; mais ce coup-
d'œil en lui, au moins à mon avis, ne
dénote qu'un esprit supérieur, et rien
qui sente la ruse.

« Quoi! il n'est pas beau! répéta Anna
d'un air triste et rêveur. Il n'est pas
beau!

« Non, mon enfant, et je ne suis pas
sûre que vous ne le trouviez pas vieux et

laid. Anna ne répondit rien, mais elle tourna la tête, et on l'entendit pleurer amèrement.

« Qu'avez-vous donc, Anna? dit mistriss Derville; et il se passa quelque temps avant que l'enfant pût répondre presque en sanglottant : « Je ne puis souffrir d'entendre dire que mistriss Arlington va se marier à un homme vieux et laid. » Cependant, les raisons des deux dames, leurs assurances réitérées que la sagesse et le mérite, la vertu et les talens dans un homme étaient bien préférables à la beauté, parvinrent à calmer un peu les chagrins d'Anna.

« D'ailleurs, je l'aime; oui, je l'aime, dit mistriss Arlington en souriant.

« Je n'en suis pas moins étonnée que vous aimiez un homme vieux et laid, dit Anna, et d'entendre maman dire que la beauté est indifférente dans un homme; car je suis sûre qu'elle est très-fière de la beauté de papa.

« Mais, Anna, je le suis bien davantage des vertus de votre père; et comme

je vois que vous n'êtes pas bien disposée
à nous entendre, nous remettrons ce
sujet à un autre moment.

Le lendemain Derville se rendit aux
bains, dans l'intention d'engager sir
Henri Arlington à venir dîner avec eux.
Sir Henri accepta l'invitation pour lui
et un ami qui l'accompagnait. Ils prirent ensemble le chemin de Lovelands,
où ils arrivèrent quelques instans avant
le dîner.

Quand Anna entendit annoncer
l'arrivée de sir Henri, Jenny ni Sally
ne purent lui persuader de descendre,
tant elle avait peur de voir la laideur du
futur époux de sa chère et belle mistriss Arlington, tant elle était sûre qu'en
le voyant si laid elle le haïrait : elle finit
cependant par se laisser conduire au
parloir.

Comme il y avait deux étrangers,
Anna ne pouvait savoir lequel des deux
était le redouté sir Henri. Elle ne se ha-
sarda donc à regarder ni l'un ni l'autre;
d'un air d'embarras et de mauvaise hu-

meur qui ne lui était pas ordinaire, elle
s'assit sur le bord d'une chaise, et se
mit à jouer avec ses doigts.

Dans ce moment, sir Henri, par
mégarde, laissa tomber un de ses gants,
et mistriss Derville dit à Anna de le ra=
masser. Elle était si confuse en le rele-
vant, qu'elle le laissa retomber; et sir
Henri se baissant pour le prendre, leurs
têtes se heurtèrent.

Anna n'éprouva pas la moindre douleur; mais elle en eut ressenti, qu'elle
l'eût oubliée en écoutant la voix douce
et l'accent plein de bonté avec lequel
l'étranger lui demanda s'il ne lui avait
point fait mal. En lui parlant, il l'attira
doucement près de lui. Encouragée par
le ton et l'action de celui qui lui adressait la parole, Anna leva les yeux sur lui,
et l'assura qu'il ne lui en avait fait aucun. Pendant qu'elle parlait, l'étranger
la regarda avec un sourire de plaisir et
d'approbation qui lui fit baisser les yeux;
mais elle les reporta bientôt sur l'in-

connu, dont la physionomie heureuse lui plaisait déjà beaucoup.

« Je puis, à ce que je crois, deviner votre nom, lui dit sir Henri?

« Oh! non, sûrement, vous ne le pouvez pas.

« Pardonnez-moi; vous vous appelez Anna?

« Oui, sûrement; vous saviez bien que je n'étais pas Jenny, puisque c'est une grande demoiselle, ainsi vous avez pu aisément deviner que j'étais Anna. Pour moi, je ne pourrais pas deviner qui vous êtes; tout ce que je sais, c'est que vous n'êtes pas sir Henri Arlington.

« Eh comment le savez-vous?

« Oh je le sais...... parceque je le sais; mais je ne dirai pas pourquoi.

« Eh bien, si je ne le suis pas, où est-il? Oh! à coup sûr, c'est ce monsieur qui est à la fenêtre, et qui parle à papa.» Alors regardant sérieusement sir Henri, elle ajouta : Oh! non, je suis sûre que vous n'êtes pas sir Henri Arlington !

« Que veut-elle dire ? demanda sir Henri à mistriss Arlington qui riait.

« Venez ici Anna, dit cette dame, et dites-moi à l'oreille pourquoi vous êtes si sûre que ce n'est pas là sir Henri Arlington ?

« Pourquoi ? lui dit Anna tout bas. Parceque vous m'avez dit qu'il était vieux et laid, et que ce monsieur est si beau, a l'air si bon.

« C'est peut-être parcequ'il a l'air si bon que vous le trouvez beau. C'est cependant lui qui est sir Henri Arlington.

« Ah ! ma chère amie, que je suis contente ! s'écria l'aimable enfant, retournant auprès de sir Henri.

« Contente de quoi, Anna ?

« Que vous soyez vraiment sir Henri. »

Bientôt après, sir Henri lui ayant demandé comment se portait Nelly, Anna lui dit qu'il avait le temps avant dîner de la voir avec ses petits, ainsi que ses lapins ; et sir Henri ayant eu la complaisance de l'accompagner, le dîner était sur table avant qu'on le vît revenir tenant par la main Anna enchantée.

Sir Henri ne plut pas moins à la
mère qu'à la plus jeune de ses filles ; car
il berçait son petit garçon aussi bien
qu'elle ; et il déclara que quoi qu'il
aimât tous les enfans, celui-ci était le
plus beau qu'il eût jamais vu. Etait-il
possible après cela que sir Henri pût
avoir un seul défaut aux yeux de mistriss Derville? Pour son mari, il apprit
à apprécier sir Henri par des qualités
plus solides : sa piété éclairée, la haute
culture de son esprit, ses talens, son
caractère, ses vertus actives, lui conci-
lièrent l'estime du digne pasteur.

«Un jour mistriss Arlington prit à
part son amie, et lui dit : une cure à
ma nomination, et qui vaut au moins
mille livres sterlings de revenu, est devenue vacante. Je présenterai celui que
vous voudrez, de votre mari ou de votre fils.

Que ce soit mon fils, je vous en
prie : je n'hésite pas un moment ; car

j'ai profité de vos avis, et je me trouve
contente de mon sort.

« Peut-être ne désirez-vous rien pour
vous-même, mais vous pouvez former
des vœux pour vos enfans ; ainsi
M. Derville prendra la cure, jusqu'à ce
que Lionel puisse l'occuper. Si vous
vous déterminez à en mettre le revenu
de côté, votre fortune s'en trouvera
considérablement augmentée au bout
de trois ans, et Lionel peut être le vi-
caire de son père. Ce point décidé,
mistriss Arlington pria mistriss Derville
de lui dire franchement si son époux et
elle avaient vu avec peine ou avec plaisir qu'elle se fût permis de témoigner
par un don pécuniaire à Anna, sa reconnaissance du service signalé qu'elle
avait reçu de sa mère. Mistriss Derville
lui déclara avec la même franchise que
l'intention lui avait rendu précieux ce
don, ainsi que ses autres cadeaux ; mais
que quand elle lui avait attribué l'envoi
des chaises et des autres meubles, elle
en avait été peinée.

« Je vais vous dire pourquoi je vous
fais cette demande, dit mistriss Arlington : Je désire faire présent à Jenny
d'une somme d'argent pour son mobilier, et sa garde-robe. Mais je craignais
de vous paraître en agir trop librement.

« Cependant vous voyez qu'il est convenable que je fasse quelque chose pour
elle, puisque j'ai fait à Anna un présent
en argent, et que je donne une cure à
Lionel. Réellement, pendant mon
voyage, je n'ai pas dépensé la moitié de
mon revenu, et je ne sais comment employer la quantité de fonds qui me reste.
Aidez-moi, je vous prie, à en faire un
bon usage. »

Les scrupules des Dervilles furent
bientôt levés, et la bonté de mistriss
Arlington mit le jeune couple, qui allait s'unir, dans un état d'aisance voisin
du luxe. Mais avant le mariage de ces
jeunes gens, Jenny eut à la fois l'honneur et le bonheur d'être avec Anna,
fille de noce de leur chère mistriss Arlington, lorsque, dans la modeste église

de Lovelands, elle reçut de la main de l'homme qu'elle révérait le plus, celle de l'homme qui lui était le plus cher.

Le second mariage se célébra sous de plus heureux auspices que le premier. La vue d'un père, à qui de funestes pressentimens n'avaient fait envisager celui-ci qu'avec douleur, ne troublait plus le bonheur de sa fille : elle savait au contraire que si ses parens eussent pu être les témoins de ce qui se passait dans ce monde, ils auraient comblé de bénédictions une union qui leur eût paru l'accomplissement de leurs plus chères espérances.

Cette union toujours heureuse est encore cimentée par la naissance de deux enfans. Lady Arlington a aussi la satisfaction de voir Emilie, cette innocente victime de son premier époux, unie par un mariage heureux avec cet amant dont nous avons parlé. Mais il n'est point ici-bas de bonheur sans mélange : il est des momens ou mistriss Arlington regrette avec amertume d'avoir, dans sa jeunesse, pris l'ombre pour la réalité ; elle se reproche d'avoir dédaigné alors un amour qui fait maintenant son bonheur ; elle gémit non-seulement d'avoir privé un père qu'elle idolâtrait de la joie la plus vive qu'il eût pu éprouver, mais de l'avoir plongé dans une douleur mortelle, par le spectacle de sa misère. Quand ces regrets s'emparent de son cœur, elle semble perdre pendant quelque temps le sentiment de son bonheur. Mais ce sentiment se réveille bientôt dans toute sa force, et lorsque la maîtresse de Lawn-House se trouve réunie avec cette mistriss Derville qu'elle avait autrefois enviée, elle est toute orgueilleuse de pouvoir s'écrier : « Eh moi aussi je suis une épouse digne d'envie ! »

de l'affaire, l'état du mineur viendra à changer par émancipation, ou par mariage, il faudra que le créancier assigne en reprise le mineur, le curateur, ou le mari, etc.

Lorsque le changement d'état s'opérera par majorité, on assignera en reprise le majeur.

L'instruction de la reprise se fera dans la forme indiquée au quatrième cahier, page 70.

CHAPITRE II.

DU PRÊT A USAGE.

1. LE prêt à usage consiste à donner à quelqu'un la faculté de se servir d'une chose qu'on lui prête gratuitement, pour l'objet et le temps convenu.

2. La preuve de cette convention doit se faire par titres, sinon par témoins, lorsque la chose n'excède pas la valeur de 100 liv.

3. Celui qui a emprunté la chose d'autrui pour s'en servir, et la rendre dans le même état, doit la rapporter au temps convenu, au domicile du maître, sinon dans le lieu où le prêt lui a été fait.

E ij

www.ingramcontent.com/pod-product-compliance
Lightning Source LLC
Chambersburg PA
CBHW070212030726
47505CB00006B/1661